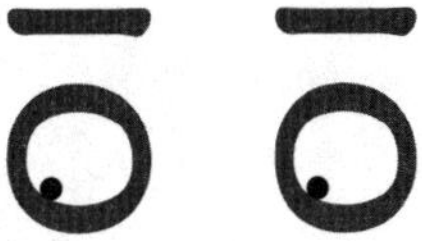

10

史丹利的

10

男人十年

01

推薦序

不管發生什麼事，我都再也不是一個人了

／Gigi Lin 林如琦（知名藝人 aka 賴太太）

好快呀，原來已經十年了啊。

回望十年前的我，那時正談著不適切的戀愛，每天只想著把自己顧好，努力賺錢，帶著兩隻可愛的大狗，住在挑高的樓中樓，開著大台的休旅車，臉上像是貼著生人勿擾的警示語。結婚這件事根本就是天方夜譚。

然後十年後，多了一個賴太太的身分，生活比工作重要了，只要有可以旅

行的機會就不放過，做人比較圓滑了，然後身上的刺也沒有那麼多了（謝謝你一根根幫我把刺拔掉，雖然常常也弄得你遍體鱗傷）。

如果要選擇的話，現在的狀態才是我真心喜愛而且享受的啊！也許是因為長大了一些，所以更能坦然地面對自己、真實做自己，生活中也不會再有什麼勉強、顧忌的，嗯，是那種更明確的知道自己喜歡、想要的生活方式，然後朝著那個方向前進的力量。

當然，最慶幸的是，在我最喜歡的狀態開始的時候，你是在我身邊的那個人，也應該說，你是這美好生活開始的大功臣吧！沒想到我也會有大聲說出「結婚真好」的這天，謝謝你讓我從不安到擁有滿滿的安全感（雖然如此但我還是常常會做些任性的舉動喔）。而且不管發生什麼事，我都再也不是一個人了，永遠都有個堅強的後盾支撐著我。然後我們說好了唷，你要就這樣的，一直牽著我的手，一起世界各地趴趴走，一起長大，然後一起迎接下個十年、二十年、三十年……

自序

人生最好的十年

如果有算過紫微斗數的話，大概都會明白他們是以十年為一輪在看命的。

我每次去算命看紫微的時候，都會說我二十八歲到三十八歲這十年是最好的十年，幾乎每個命理老師都會這樣說。現在仔細想想，二十八歲剛好就是開始用「史丹利」這個名字沒多久的時候，不知道這是不是最好的十年，但絕對會是我人生中最精采的十年。

二〇〇七年我出了第一本書《史丹利一定要熱血》，剛好三十歲，生活與工作型態都漸漸開始改變。到了現在經過十年，我從三十歲邁入了四十歲，從絕不結婚的人變成了有老婆的人，也就這樣經歷過算命師口中我生命中最好的十年了，也真正的步入了一般人認知的中年時期了。

雖然真的很不想服老，但在寫這本書的時候我又翻開了我第一本書來看，真的會有一種「當初怎麼會寫出這樣好笑的文章啊！」「那時真的好青春，感覺每天都在發生白爛事啊！」的想法，現在要我寫還真的寫不出那樣的東西了。我不知道這到底算是長大了，還是成熟了，還是老了，但這三個各有褒貶意思的詞當中卻有一個共通點——就是已經不青春了。

這不是感慨，只是驚訝這樣的轉變居然也會發生在我身上。但事實就是如此，我也沒有去抵抗，但就是會在某個時間點讓你毫無防備的襲來，就像結婚一樣。

如果要說我這十年最大的改變，當然就是結婚了，從一個老是嚷嚷著絕對不結婚的人，變成了現在大家眼中的好老公，這絕對是十年前的我絕對沒想過的。如果十年前的我知道的話，應該會很唾棄現在的自己也不一定。但這也不是不好，就像打電玩一樣，我的人生又邁向了一個新的關卡，沒有攻略本也不知道這關好不好過，只能從新手村開始慢慢磨練適應它。

但即使再怎麼不願意，在這十年來我還是改變了，不管在生活、想法或是身分證上都一樣。所以就用這本書記錄一下這十年來的改變，或是說這十年來進入了新的生活後的新的領悟也是。我不知道大家對這本書會有什麼樣的期待，以為可能會是本旅遊書，又以為可能會是本跟以前一樣白爛的書，但基本上應該都不是，就只是一個大叔的碎念而已，所以就請不要帶著任何期待來看這本書吧！雖然我好像每一本書都是在碎念就是了。

就像算命師說的，這是我人生最好的十年，這我本來想要聽聽就好了，但因為每個算命師都說在這最好十年過後的下一個十年，也就是我三十八到四十八歲這十年，會是我最慘的十年。還真巧，我剛好就是在這個區段結婚的，還真不知道該說準還是不準啊……

所以下個十年會怎樣我也不知道，就先用這本書紀念我人生最好的十年吧！

10

目錄

PART 1
十年之前

PART 2

十年之中

目錄

PART 3
十年之後

PART 1

十年之前

那個日劇的美好年代

記得有一次上節目時，節目主題是日本與韓國的比較，節目中一個韓國人就說，在台灣會喜歡日本的都是三十歲以上的人，而年輕人才會喜歡韓國。雖然很不想承認，但現在的事實好像就是如此。

其實從各個層面來看都一樣，韓國音樂與電視電影早就攻陷了台灣，以前路上的韓國餐廳就那幾家，現在突然一個個地冒出來。年輕時買衣服，每次說到韓貨就會嫌是沒質感的便宜貨，而現在卻變成了流行的搶手貨。男生已經不再看《Men's Non-no》雜誌，都搶著在學權志龍，木村拓哉變成了上一代的傳說。

韓國偶像或歌曲都變成了主流，幾乎每週都有韓國明星的 Fan meeting，你隨便問個年輕人有哪些韓國明星，他列出的可能都比問他班上同學有哪些人還詳細；然後再問他日本有哪些明星，他可能也只能勉強擠出 AKB48 與 ARASHI，可能頂多再加一個新垣結衣。你可以怪日本人不爭氣，誰叫他們迂腐又不長進，YouTube 上老是找不到他們的MV，傑尼斯到現在還不准他們家的藝人用社群軟體，這應該也算是這個時代的笑話傳奇。

最簡單可以看到就是，臉書上常常會看到有人 PO 某某韓團的新歌好好聽，但每次看到日本的，就一定是一九九〇年代的那些歌，而且一定會看到「好懷念啊！」「我的青春啊！」這樣的字眼，大概就只剩下這樣的功能而已。

韓劇就更不用說了，從年輕少女到中年婦女都被他們全包，每天都可以看到有人討論韓劇，從《冬季戀歌》開始到現在，就算我沒在看韓劇也都可以喊得出來幾部韓劇，《來自星星的你》《太陽的後裔》《鬼怪》《未生》《信號》《請回答 19XX》等，而近幾年的日劇大概也只有《半澤直樹》與《月薪嬌妻》是比較多人知道的，悲慘到極點了。

我記得日劇風潮應該是從《東京愛情故事》開始的，完治和莉香的故事大概是每個五、六年級生最經典的愛情故事，距離現在也已經二十五年以上了，現在會對完治和莉香有反應的應該都是三十五歲以上的人了。你去問三十歲以下的朋友完治和莉香，他們可能會以為你是在講浩子和阿翔。

九〇年代的日劇對台灣人來說是個輝煌的年代，三十歲以上的人會對這些日劇如數家珍，每個人都知道《長假》，還會跟著哼出〈LA LA LA SONG〉；

《戀愛世代》的水晶蘋果在當年是最流行的情人禮物，每個女生都想要一個，即使現在看起來真的是俗不可耐。

《一個屋簷下》的福山雅治早就成了天王，《無家可歸的小孩》的安達祐實也早已經離婚又結婚，還是個小孩的媽；《魔女的條件》讓當時大家都在哭喊為什麼我們那時沒那麼正的老師，但可能那時候會更希望有一個像《麻辣教師GTO》那樣的老師。《跟我說愛我》的常盤貴子都不知道去哪裡，《101次求婚》都已經被中國大陸拍成了電影還是志玲姊姊演的，但我無法接受恰克與飛鳥的〈SAY YES〉被改成中文版啊！

現在台灣人去池袋可能都是去吃無敵家拉麵，應該沒有人會在池袋西口公園拍照了：當初《HERO》剛上映時，木村拓哉的髮型與外套多少人想要，但久利生公平去了石垣島再回來後，似乎也沒有當時那麼轟動了。講到《HERO》就不得不說一下，這部日劇在台灣重播的次數至少有十五次了，應該也算是電視史上的另類記錄了。

當然還有很多說也說不完的日劇，二〇〇〇年開始的《大和拜金女》《極道鮮師》《求婚大作戰》《交響情人夢》《魚乾女又怎樣》《家政婦女王》等雖然也曾在台灣紅過，但事實上這些也都是十年以上的事了。

我可以很輕鬆地列出這些劇，因為這些真的是陪我長大的回憶。仔細想想，過了十幾二十年後，那時候的人回憶，早就不是這些東西，而會是《信號》《鬼怪》《來自星星的你》《太陽的後裔》等，而當我們聊到這些日劇時，可能就會像是爸媽們在懷念《星星知我心》《庭院深深》《保鑣》等劇一樣的讓人茫然吧……

但不能說看韓劇的只有年輕人，我身邊也是有很多以前愛看日劇的朋友，現在反而都轉去迷韓劇，而因為這樣習慣了韓劇的節奏後，再回來看日劇也就不習慣了。而我雖然會嘗試著看韓劇，但還是會覺得無法融入，始終沒有太大的興趣。

你可以說我老派，雖然我知道日劇已經回不到那個美好的年代，但現在這樣沒什麼太大的熱度，卻依然還是有著一小派人繼續在追，或許對我這種不愛一窩蜂的人來說，這才是真的美好啊！

從少女到熟女的偶像迷戀史

小圓是我認識超過十五年的朋友了，大概從大學剛畢業到現在都還是會聯繫，不論是工作上還是私下都一樣，也就是說，我是一路看她從青春女孩兒變成輕熟女又變成了少婦，再下一個階段就會是大媽，而她也一直在抵抗……我想她應該暫時還不會變成大媽，因為她的心依然還是個少女，但大概也僅侷限於迷戀偶像的部分。

我剛認識小圓的時候是二十五歲不到吧，她的心態就是個少女，整天做著莫名其妙的幻想。暗戀是她的興趣，或者說是她生活的調劑也可以，而每天對著喜歡的偶像嬌羞地尖叫也是她的日常，就算是看到電腦螢幕或是書上的照片也一樣。

那個時候也是日本明星當道的時候，她因為迷戀偶像而喜歡日本，也因此而學起了日文，語言學習還真的是每個迷戀國外偶像的人都會有的附加技能。她迷戀的偶像很多，到現在我還想得到的就有藤木直人、岡田准一、堂本剛、福山雅治、櫻井翔、小田切讓、瑛太等，其實還有更多，但我真的不想浪費腦容量記這樣的東西。

當時每次跟小圓聊天聊到這些人時，她的眼睛都會充滿了愛意，就像是看到愛人般的羞澀，或是會不由自主「啊～」的輕聲尖叫。對於一個快要三十歲的女人，還是有這樣莫名的少女反應，我們也早就已經習以為常了。

或許也是因為這些偶像的關係，她對日本真的很熟。我們以前都會一起聊日本音樂、日劇、日本電影，有時候甚至是從她那邊了解到很多有關於日本的常識或資訊，我甚至覺得她以後應該會住在日本了。而這一切到了這幾年卻突然改變：她因為韓劇而變心了。

在韓劇興起的這幾年，她也變成了一個有老公的人，也可能是因為她老公不太管她迷戀偶像的關係，也或許是因為年紀愈大、恥力愈強的關係，她對於韓國偶像的迷戀不管在程度上或是行動力上，比起年輕時根本就是掛Turbo般的更有威力，大概就像是龍五手上有槍一樣的無人能敵。

她可以因為喜歡《來自星星的你》而愛上金秀賢，當時她的臉書每天都是《來自星星的你》，逢人就必推薦一定要看，講到《來自星星的你》自己的眼睛也會冒出閃耀的星星。最誇張的是好像在韓國有個該戲的場景展，她得知後就奮不顧身的不管老公、拋下工作飛到韓國，三天兩夜快速來回，就只是為了那個場景——沒有金秀賢本人的場景。

而最近小圓變心了，她近期的最愛是孔劉。你可以想像一下一個已經四十歲的已婚女子，依然會對著孔劉的照片在嬌羞，那畫面是多麼令人感到不舒服。還好我早就已經習慣了，我想她老公也早就習慣了。

她現在辦公室觸目可及的地方都貼滿了孔劉的照片，不管是電腦螢幕或是她辦公桌的隔板，甚至是正前方的牆上都是。而孔劉有次要來台灣辦 Fan Meeting，她很怕買不到票，但無論如何都想見孔劉一面，所以她早就打定主意，如果沒有買到票，她要去機場接機。

從來沒有因為小圓迷戀偶像而不開心的她老公，這次真的嚇到了，我還記得她老公是這樣跟我說的：

「我記得小時候看新聞看到有港星來台灣時，都會看到機場有影迷會去接機，尤其是那些師奶歐巴桑們瘋狂的樣子，我都會覺得這些人真的有病。但沒想到，等我長大之後，我的老婆居然就是那些我瞧不起的師奶們！我怎麼可以承受這一切啊！」

我依然記得她老公無奈的表情，雖然我們都笑歪了。幸好後來小圓有搶到孔劉 Fan Meeting 的票，不然她可能會變成某個小朋友眼中的瘋狂師奶吧！

其實仔細想想，小圓的偶像崇拜史就是一種時代的演變，小時候大家都迷港星，長大一點開始會喜歡日本的流行文化，近幾年韓流突然入侵，完全取代了日本變成流行的主宰，我只能說小圓還真的是個跟得上時代的人。

但或許不管流行再怎麼變，小圓依然還是會對偶像有著像少女般的迷戀，不會因為年紀的增長而改變，我想這才是她最了不起的地方吧？

但她的老公才是真的最了不起的，既寬容又包容，也或許他早已經放棄就是了。

那些陪我長大的美國影集

大概快十年了，美劇逐漸侵蝕了我的生活，而且還有愈來愈嚴重的傾向。

我無聊的時候算了一下，我每年追的美劇大概是十部以上，一集美劇的時間平均都是四十多分鐘，一季大概都會有個平均二十到二十四集左右，所以大略就用十五部來算好了，就這樣，我一年至少花了二百個小時以上在看美劇，而一整年有八七六〇個小時，二百個小時連零頭都不到，看起來也還好啊！所以我就有恃無恐地繼續看更多美劇了……

例如說我這幾年最愛的影集是《流氓醫生》（House M.D.），因為戲裡主角豪斯醫師的嘴巴實在太賤了，真的會深深為他著迷。它總共有八季，我就這樣跟著看了八年，如果以一季二十二集、一集四十五分鐘來算的話，我花了人生的七九二〇分鐘，也就是一百三十二個小時在看這部戲，連續五天半不眠不休才可以看完。

另外就是，《追愛總動員》（How I met your mother）這部影集，這應該是在《六人行》(Friends) 之後最像《六人行》的一部影集，模式幾乎都差不多，但還是有自己的風格與幽默。《六人行》時期我還是大學生，多少會跟不上他們，但這部剛好就是在我出社會後，所以感觸會更加的深刻，至少他們把《六人行》的咖啡店變成了酒吧就更深得我心了啊！

有時候想想，會那麼喜歡看美劇或許因為是從小時候就養成的習慣。畢竟台灣在一九八〇年代開始到九〇年代末，老三台都會播放大量美劇。尤其是週末的時段，而從小我就是個電視兒童，所以美劇對我來說一點也不陌生，甚至影響我好深。

例如說我現在家裡還是有很多隻《家有阿福》（ALF）的阿福玩偶，因為我跟 Gigi 都很喜歡阿福，所以忍不住就愈收愈多。這影集當時是在台視播的，雖然我已經忘了劇情的內容，但我還記得阿福，還有台視每次播影集時都會有一個「台視影集，有口皆碑」的片頭。該死的當時台視影集又好多，所以這句話到現在還是烙印在我腦海裡。

而當時最紅的台視影集應該還是馬蓋先了，影集名稱叫《百戰天龍》(MacGyver)，那時候還不知道天龍是什麼意思，只知道這是一個很酷的詞，不像現在變成了天龍國或天龍人那樣的貶意。是說我到現在也還是不知道天龍到底是什麼意思就是了，雖然當時的影集真的超愛用這個詞的。

馬蓋先應該真的是家喻戶曉的影集了，我還記得當時同時段對打的是《黃金拍檔》，那時候因為我想看《黃金拍檔》而我爸想看馬蓋先，所以只好被他逼著看，沒想到就這樣迷上了。因為馬蓋先，當時每個男人的夢想都是希望擁有一把瑞士刀，覺得有那把瑞士刀就可以所向披靡；而馬蓋先還紅到被舒跑請來拍廣告，根本就是當時台灣最紅的美國電視明星了。

這影集還真的會有後遺症，直到現在我聽到有人說「帥啊！」的時候，不自覺的都會想在後面加個「老皮」，「帥啊！老皮」是當年《百戰天龍》台灣配音自己發明的口頭禪，結果就這樣一直卡在我腦裡三十年不會退散。

其實馬蓋先現在在美國也有推出新版的影集，我也有在追，但看過的結論是，過去的回憶還是讓他留在回憶裡就好，新版的或許就把它當作是一個只是名字一樣的新影集看可能會比較好過一些吧……

當時在台灣可以跟馬蓋先匹敵的就只有《霹靂遊俠》（Knight Rider）的李麥克了。其實現在仔細想想，李麥克只是開了一台會講話又比較先進的車子，但不知道為什麼就那麼紅，但「老哥」跟「夥計」這兩個名詞卻也是依然的在我腦海裡揮之不去啊！

飾演李麥克的大衛・赫索霍夫後來在台灣再次出現，就是讓他在美國更加大紅的《海灘遊俠》（Baywatch），當時中視播的時候是叫《霹靂遊龍》，兩個名字都是光看也不知道在演什麼的莫名其妙，但其實就是後來巨石強森翻拍成電影的《海灘救護隊》。雖然這劇在美國大紅，但台灣好像只有短暫播出一、兩季，而我對這劇的印象大概就只有海邊與比基尼，也似乎在台灣沒有李麥克那樣的家喻戶曉。

要講到早期影集對我的影響，其實真的很難說得完，例如我從《雙面嬌娃》(Moonlighting) 第一次認識布魯斯・威利，而且是他還有茂密頭髮的時候；《我的這一班》(Head of the Class) 裡的莫老師一直都是我當時最想遇到的好老師，美國高中校園的自由風氣也讓那時還是國中生的我無限嚮往。

還有雖然看不懂，但卻被那詭異風格深深吸引的《雙峰》(Twin Peaks)，而更沒想到在二〇一七年居然還會有續篇影集；而提到續篇又不得不提一下當時也算轟動的《X檔案》(The X-Files)，居然在二〇一六年時又繼續開始他們的故事，但我也沒有太大的動力想繼續追下去了。

其實要講到影響我最深的，不是大家都很熟悉的《六人行》，畢竟那算是比較後期的，我在看的時候也已經長大了。如果真的要說的話，應該是我在第一本書裡有提過的《飛越比佛利》（Beverly Hills, 90210）。

那是一部有錢人家的青春校園影集，他們高中的時候我也是高中，看著劇中男女主角三不五時的搞來搞去，而且女朋友男朋友都可以換來換去也不會影響到他們的友情，讓那時還是青澀少年的我，根本就開啟了我整個完全偏差的感情觀啊！當然不是說我就像他們那樣淫亂，只是愛情觀真的就像美國那樣的，嗯……開放吧……

《飛越比佛利》幾年前美國曾經重拍過，老演員們有幾個也有回來演，亂搞得更肆無忌憚，但我卻看得好無感，或許是自己真的長大了，但更或許是看到當時最正的凱莉都變成老師了，而有股說不出的感嘆啊……

還有很多沒有提到的，畢竟我真的是看美國影集長大的，可能看得都比台灣八點檔還多，我想多多少少還是對我的人生觀或價值觀有一些影響。只是現在看美劇的風氣真的盛行太多，但看得愈多，反而沒有當初開始接觸時候的新鮮與震撼，或許不只是美劇，對於任何已經習慣的事物，可能都已經找不到當初剛接觸時的感動了吧！

畢竟懷念永遠是最美的啊！

那些逐漸消失在我們生活中的物品

記得某年我跟朋友們在玩「無用物品交換」的遊戲，顧名思義就是把家裡用不到的東西拿出來交換，事實上就是垃圾交換的一種，然後我收到了一台DVD播放機。突然會有一種感嘆，原來在你問一個十歲的小孩什麼是百視達，他可能會回答你是種可樂的年代，DVD變成無用物品也只是剛好的事情而已。

而另一個朋友也收到了手提CD音響，這又是另一個感慨了。仔細想想，你上一次買書跟上一次買CD，哪一個時間隔得比較久呢？還是其實都久遠到記不得了？我比較好奇的是，現在真的還有人在買CD嗎？還是現在誰的家裡還有CD播放音響的嗎？有才奇怪吧！

記得之前Gigi的車子要更新影音設備，車廠的師傅說要幫她安裝藍芽連線、倒車顯影等拉里拉雜的一堆東西，但就是沒有幫她裝CD播放器。因為Gigi在電台當DJ，工作需要CD播放器，所以要求車廠師傅幫她加裝，師傅居然還一副不可思議的模樣，因為他說現在真的很少聽到人要求在車子加裝CD播放器了。而師傅為了找那個播放器真的找了好久，感覺像是找回青春還比較簡單一些。

而不用說CD播放器了，MP3 player或iPod可能也都要變成骨董了吧？

其實我自己也是幾乎沒有在買CD了，上次買的CD還是在二〇一六年底的時候，因為自己喜歡的沖繩樂團 Mongol 800 出了新專輯才買的。買他們的ＣＤ已經變成了一種儀式，是一種對喜歡的樂團的支持，ＣＤ到最後的功用大概也就是只有這樣而已吧！結果因為真的很不方便聽，所以就只聽了兩次而已……

而有趣的是，雖然ＣＤ沒人買，但更老派的黑膠唱片反而有另外一片市場。多少人把收藏黑膠當作是一種嗜好，到底是不是喜歡黑膠的音質我不知道，但至少是一個能展現出你的獨特文青時尚品味的代表。

我猜想，哪一天如果ＣＤ也被淘汰的話，現在被大家棄之如敝屣的ＣＤ會不會也變成了一種品味的收藏呢？

同樣的，底片相機本來也算是一個即將要消失的產品，大致上來說底片傻瓜相機已經被淘汰了，剩下的底片相機應該就是LOMO相機了。畢竟要買底片跟要去哪裡沖洗相片都是個很大的問題了，現在這社會比底片沖洗店還難找的，大概也只有鐘錶行吧！

但反而是拍立得卻依然屹立不搖，妹仔很愛的富士拍立得依然存在，就連寶麗來也都捲土重來；不只是拍立得，記得二〇一六年的時候，富士即可拍邁入三十周年推出了特別紀念款，居然造成大搶購，果然這類販賣回憶的商品還是有它的市場在。還是要跟大家解釋一下什麼是「即可拍」，那是一個像是紙盒的相機，裡面只有一卷底片，拍完之後就整盒拿去照相館沖印，那真的是我們小時候的回憶啊！尤其是拍完後還要撥那個轉盤，那個喀拉喀拉的聲音也算是種絕響了吧？

至於什麼是底片什麼是照相館什麼又是沖印，這我真的懶得解釋了，不懂的話也沒關係，你的人生不會因為這樣而有什麼改變的。

而提到即將消失的物品，家用電話大概也是一個可能會消失在我們生活中的東西，事實上應該已經很多家庭沒有這樣的東西了。有時候在賣場看到有在賣家用電話或是無線電話時，我都不知道這樣的景象還可以看到多久？但至少公司行號都還會使用，應該還可以撐一段時間吧？

另外還有公共電話，我現在如果在路上看到公共電話真的會很驚訝，如果看到有人在用應該會更驚嚇，驚訝到會忍不住多看他幾眼的那種驚嚇，因為想確定他到底是不是實體吧……

不過，有一個好像依然健在的東西，但事實上卻逐漸地在我們家庭裡消失了，那就是家用電腦或筆電。以前幾乎是每人家中都有一台以上的電腦跟筆電，但對於現在一般人來說，除了你在上班的時候會用到電腦外，回到家應該就不會碰電腦了。

「我的電腦不知道多久沒開機了」，這句話我不只聽一個朋友說過，甚至有些人家裡可能都已經沒有電腦或筆電了。就像我自己除了寫稿與上網外，似乎也不太碰電腦了，喔，有時候看D槽裡的影片應該還是會開機就是了……

但其實這樣也沒有不好，只是有時候拿底片相機拍照時會忍不住想要看螢幕拍得如何，甚至出國玩也已經愈來愈懶得帶數位相機，手機講電話的時間愈來愈少，而每個小朋友看到電腦螢幕都會忍不住用手滑。經歷過這些事情，才明白原來我也已經經歷了那麼久的年代了。

不過我很慶幸可以生長在這個時代，因為小我二十歲的人可能不會知道那些老東西，而大我二十歲的人可能對新事物的接受度已經無法負荷；因為是四十歲這個世代，可以對舊的事物保有懷念的記憶，也可以對新的事物習慣上手，這或許是我這個年代才會有的經歷吧！

但我還是羨慕小我二十歲的青春與肉體就是了啊……

那個遙遠年代的MSN與部落格

很久很久以前有一個叫做MSN的東西，那是當時的人聯繫感情的產品，它不用鴿子也不用電話，只要在電腦前打字，對方就會收到訊息，跟你對話超方便的，方便到當時的人如果沒有MSN，大家都會不知道要怎麼跟你聯絡。

MSN應該是三十歲以上的人才會熟悉的產品，當然更久之前還有一個叫ICQ的東西，但那個就真的太久遠到可以不用提了。

我活在MSN最輝煌的時候過，大概是大四時就開始使用它，而之後大概風行了超過十年。當時的任何事情都是用MSN聯絡，不管私事公事或是上班沒事就用ＭＳＮ聊天，跟比較好的客戶談工作也是用ＭＳＮ聯繫；如果這樣還不懂的話，大概就跟現在的 LINE 差不多，只是它沒有手機版而已。

ＭＳＮ當時改變了我們的生活，如果沒有ＭＳＮ的話可能就無法跟朋友聯絡，如果有一陣子沒開ＭＳＮ，朋友們可能會以為你往生了，但事實上你只是沒開ＭＳＮ而已。ＭＳＮ的暱稱可以是使用者的心情或是情緒抒發，有人可以一天換十次ＭＳＮ的暱稱，因為他的心情與情緒好豐富，然後希望朋友可以關心他。簡單說那個ＭＳＮ的暱稱就是臉書塗鴉牆，只是顯示的方式不一樣而已。

還有ＭＳＮ的大頭貼也是每個人的生活展現，現在可以看到臉書塗鴉牆一堆人家裡小朋友的照片，以前也會在一堆ＭＳＮ大頭貼看到。而ＭＳＮ大頭貼在當年也造就了一批圖文創作部落客，印象中彎彎會被注意到也是因為她畫了一堆MSN的大頭貼，因為引起共鳴被大家爭相使用而爆紅。

部落格會突然的爆紅，MSN也算是幫了大忙。因為可能某篇部落格文章被一個人看到很喜歡，就複製網址用MSN傳給朋友或群組，接著就這樣一直傳給下一個人，那個部落格就因此而大紅，這大概就像是網路版的菜市場口耳相傳。

而部落格這個東西是改變我人生的一個產品，當初只是因為在雜誌社上班無法寫想寫的東西，剛好部落格出現，接著就因為寫的東西受歡迎開始變成了現在的史丹利。

那時候寫的文章就是一些生活的無聊事，但可能真的還滿好笑的所以開始受到歡迎，走在路上的時候真的會有人來找我拍照了，也有人會跟我說很喜歡看我寫的東西之類的，我才發現原來我已經變成了「當時的」網紅。

而後來真的更被注意的時候就是在寫「奇摩摩人」的時候吧！那時候是負責寫潮流的文章，但事實上我在寫的時候根本沒管他有沒有潮流，就只是找一些有趣的東西用比較好笑的方式寫出來，沒想到還真的大受歡迎，從此好長一段時間我就變成了一點都不潮流的潮流代表了。

在那個部落格盛行的年代，擁有一個部落格大概就跟擁有一個臉書帳號一樣的稀鬆平常，各種形態的部落格就此出現，旅遊、美食、美妝、圖文等部落客到現在還是有些人繼續在耕耘，像是在臉書大軍下依然奮力抵抗的勇者一般的存在。

當然除了部落格外，相簿的功能也是它會爆紅的原因，「無名小站」的「無名正妹」們不斷的湧出，很多人因為了上無名小站的首頁就驕傲不已，但殊不知「無名正妹」這個詞現在聽起來就跟鴉片一樣的陌生，大概就像在清光緒年間那麼的遙遠。我記得前陣子還有看到一個報導，主題就是當年的無名正妹們現在變得如何，搞得好像紅白機一樣的令人懷念，但明明無名也才結束不到五年而已。

這一切都是因為臉書與 LINE 的關係，更精確地說是因為行動通訊的關係。

因為臉書有塗鴉牆的功能、臉書有相簿的功能、臉書有即時通訊的功能、臉書有任何上面說的東西的功能，因為現在什麼都在臉書上，你沒有電視可能也無所謂，但沒有臉書你可能就是個與世隔絕的人。

殊不知臉書剛開始時根本紅不起來，使用人數也沒有「噗浪」那麼多，話說噗浪這個過渡性的產物也算是個歷史就不多提了。而臉書會開始紅還真是因為遊戲《開心農場》的關係，我想當年應該很多人是為了要種菜偷菜才開始申請臉書帳號的，現在那些田地早就都比撒哈拉沙漠還荒蕪了吧？

我自己是在二〇〇七年開始申請臉書的，但那時根本沒幾個人在用，因為大部分人都在玩噗浪，所以就這樣一直給他放著，直到《開心農場》紅的時候我才發現臉書的朋友愈來愈多，就演變成到現在這樣永遠也無法脫離臉書的時候了。

而LINE也是一樣。仔細想想，LINE不就是以前的MSN嗎？不管使用方式和功能其實也都差不了多少，只是MSN沒有手機版本，不然的話或許也不會那麼快的消逝吧！

但就像部落格時代一樣，當年有很多當紅的「部落客」包括我自己，也是逐漸地被臉書出現之後而誕生的「網路名人」或是現在跟著中國大陸叫的「網紅」取代。從彎彎到馬來貘、從無名正妹到現在粉絲頁隨便就幾十萬的網路女神，本質上沒什麼變，只是造就的方式與速度不同而已。

突然想到，某次有個部落格圈的朋友四小折結婚，現場有好多當年好紅的部落客們，例如彎彎、輔大猴、海豚男、貴婦奈奈等都坐在同一桌，因為坐在不同桌的我跑過去找他們聊天，然後我突然覺得真的有種是在部落客退輔會聚餐的感覺啊！當然這些人包含我現在依然還算活躍，只是跟往年真的不同，畢竟經歷過部落格年代的人雖然會知道我們，但在年輕人的眼中我們大概就像羅時豐一樣，就是一種好像當年很紅而現在偶爾還會看到的感覺吧……

其實這篇主要只是要緬懷一下MSN與部落格，我會出第一本書也是因為部落格的關係，而MSN就是當時的聯繫工具，多少討論都是利用MSN的，沒想到只是過了十年就要來緬懷他們了，這可能也是當初沒想過的。但或許再過個十年，可能就會有直播主在緬懷當年的臉書時代了吧……

還有人在看漫畫嗎？

我其實一直很不想面對長大這回事，所以直到現在我還是會盡可能地維持年輕時喜歡的嗜好，例如現在還是會打電玩，還是喜歡花錢買玩具，對於音樂的喜好也盡量的會去接受新的歌曲與曲風，一直努力的不要讓自己陷入老歌的輪迴，但卻發現還是有個東西隨著年紀的增長而被我逐漸的忽略掉——我真的很少看漫畫了。

我生長的年代應該可以算是台灣漫畫最快速成長的時代，並不是說台灣漫畫家的快速成長，而是日本漫畫的大量入侵。那時候《少年快報》剛出來，還是小本的，當然是盜版的，角色名字非常符合台灣的環境，統統變成中文名字。例如《城市獵人》的孟波，《第一神拳》的幕之內一步叫李慕之，《怪醫黑傑克》不知道為什麼硬要讓他姓秦還變成了秦博士，還有《怪博士與機器娃娃》中變成丁小雨的阿拉蕾，《足球小將翼》日向小次郎那麼帥氣的人跟名字卻硬要把人家取作邱振男……多到舉不完，我更驚訝我居然都還記得，但不要說這些盜版的名字了，這些漫畫現在的年輕人應該都沒聽過。

說到翻譯亂取名最經典的就是「小叮噹」，現在很成功的變成了「哆啦A夢」，這也變成了用來區分年齡的名詞。

但沒幾年後台灣開始注重版權問題了，也開始會跟日本出版社買版權了，所以那時候就陸續出現了大開本的漫畫周刊，最有名的應該就是《新少年快報》《寶島少年》與《熱門少年TOP》。那時候大概是我的國、高中時期，每個星期總是會期待出刊的那天，等著跟同學排隊借來看，等不及的就自己去買一本來當大戶，沒錢的話就去租書店排隊看。不管用怎樣的方式，每個星期能有三次的期待與出刊之後的痛快，真的是那個苦悶求學時代的救贖。

那個時候每到出刊日就是一個煎熬，上課時總是按捺不住無法專心，一心期待著下課後要衝去看「少快」，有帶來的同學根本就像神明一樣的被對待。靠關係靠交情無所不用其極的想要排前面一點，就是為了享受那不到一個小時的歡愉。而那也是我人生中看最多漫畫的時候，直到現在就像那些盜版名字一樣在我腦裡怎麼拋都拋不掉。

從永遠不滅的《七龍珠》，到每個熱血青年共同回憶的《灌籃高手》，還有每個人都想要有這個老師的《麻辣教師GTO》。講到壽司就會想到的《將太的壽司》，講到足球就會想到那個腿總是不合比例長的《足球小將翼》。當然還有去到哪裡就會有人死掉、每次爺爺都會莫名其妙被叫出來發誓的《金田一少年事件簿》等，隨便講出來都是經典到大家忘不了的作品。

當然還有一些可能沒那麼經典、但我自己卻很喜歡的作品。例如讓我學到很多簡單政治問題的《王牌至尊》；總是會從背後拿出各種奇怪東西，卻可讓我看到那時日本流行打扮的《神行太保》；廢到太好笑被周星馳拿來拍成電影的《破壞王》；那時還沒那麼愛拖稿的冨樫義博的《幽遊白書》；還有總是會讓當時的小男生們看得好刺激的《電影少女》等。要講真的還可以講出一大堆，但真的就會變成老人想當年的回憶了。

而這些漫畫都是在我青春的時候結束，有些甚至我也不知道他們有沒有結束就沒再追了。仔細想想，出社會後我新接觸而直到現在還有在追的漫畫，隨著《火影忍者》的結束，早已棄追的《獵人X獵人》，也只剩下《海賊王》（我真的不喜歡「航海王」這名字）與《銀魂》和浦澤直樹的漫畫了。

《海賊王》不用說，他真的是繼《七龍珠》後另一個時代的經典。而《銀魂》根本就是個低級大叔漫畫（雖然後來愈來愈認真了）。還有已經快結束、總是虎頭蛇尾的浦澤直樹的《比利蝙蝠》。

不知道為什麼現在不看漫畫了，可能是把時間都拿去看劇、打電動，也可能是漫畫真的太佔空間又還不習慣看電子版，租書店也愈來愈少，幾乎快消逝了。也有可能是看到現在的漫畫總覺得有點太青春不適合我，青年或是大人取向的漫畫又不太多，就這樣漫畫真的逐漸地遠離我的生活。

我不知道現在的年輕人還看不看漫畫，問了一些人他們都已經改看動畫居多，可能就跟愈來愈少人看書的道理差不多。有動來動去的可以看，也就不需要看那麼多文字與狀聲詞了。順便說一下，現在的人也都說看動畫，應該也很少人說看「卡通影片」了，這個詞大概也快跟小叮噹一樣變成了區分年紀的名詞了。

而在寫這篇的時候突然想到《新少年快報》不知道還有沒有？上網查了一下才發現，兩年前早就已經收掉實體版而變成了數位版。正在感嘆這又是一個回憶的終結時才想到，我也是要上網查才知道它已經收刊、而且還經過快兩年了，我應該也沒什麼資格可以感嘆了。

還記得出社會後有自己的經濟能力時，還會花錢買單行本來收藏時，總是被媽媽唸說都幾歲長這麼大了還在看漫畫那麼幼稚，那時候總會嗆她說「為什長大就不能看漫畫？」而現在自己卻也愈來愈少看漫畫了。

或許四十歲後真的要重新找回看漫畫的樂趣，填補那消失快十年的漫畫青春吧！但可能真的要開始熟悉數位版閱讀就是了，這才是真正的挑戰啊！

那個還叫做電視遊樂器的年代

任天堂紅白機是我小學的時候誕生的，記得當時一台要四、五千元新台幣，以那時的物價算是很高的，但爸媽還是買了一台給我。只不過紅白機並不是放在我家，而是放在我外婆家。所以小學時最期待的就是週末去外婆家玩，跟表哥一起打紅白機玩到沒日沒夜。

紅白機佔據了我的童年，現在腦海裡隨時都可以輕鬆說出當時的一長串遊戲，《超級瑪利歐》《沙羅曼蛇》《魂斗羅》《高橋名人：冒險島》《影子傳說》《實況野球》《雙截龍》《大魔界村》《太空戰士》《勇者鬥惡龍》等。

我可能有時候會忘記我的臉書密碼是什麼，但「上上下下左右左右ＢＡ」這個莫名其妙的密碼到現在還是永遠崁在我腦子裡，也養成了我至今電器用品如果失靈的話會拿來吹一下的習慣。

那時候的電玩對我來說就是電玩，一切都覺得好新奇，很單純的沉浸在裡頭。

這是我人生中的第一台家用電視遊樂器（是說電視遊樂器這名詞不知道是誰發明的，雖然貼切但又拗口，現在應該也沒有人會這樣說了）。雖然之後推出了超級任天堂、Sega Saturn、然後到現在依然稱霸市場的 Play Station 出現，我都沒有擁有過，因為媽媽要我乖乖念書，而我的成績也讓我媽沒有買給我的理由。

我人生的第二台電視遊樂器是過了大概十五年後，我自己出社會買的PlayStation 2（PS2）。我已經忘了我為何要買PS2了，或許是因為當時很流行吧！我只記得在我好長的一段失業時間裡，晚上都會等我住在附近的好友 Baboon 下班，然後就跑去他家徹夜對打《實況野球》直到天亮。在那個都是空啤酒罐與煙霧瀰漫的房間裡，我們一面打電玩、一面喝酒、一面無意義的抬槓，用電玩過著大學糜爛生活的延續。

直到 Baboon 搬家了，我一個人當然也是會打電動，但即使一個人努力把遊戲全破關了，總覺得少了點什麼，《實況野球》甚至都沒有拿出來玩了。我才知道這時候的電玩對我來說，就是跟朋友開心聚在一起瞎哈拉的橋樑。

之後的PS3或XBOX都沒有再買了，沒有什麼動力，也或許是手遊與臉書遊戲開始盛行的關係，畢竟每天都在網路上種菜偷菜也是這樣過日子，而電腦的線上遊戲例如《天堂》《RO仙境傳說》那種又一直不是我的菜。就在我三十歲前開始，歷經了又一個超過十年後，我才再擁有了PS4。

會買PS4的原因我也不知道，最簡單的理由大概就是經濟已經沒問題了，再加上已經登記結婚了，每天出去喝酒也不是辦法，而剛好老婆也是一個愛打電動的人，不僅完全不會管我，她打起電動來也不會理我，所以我只好買台PS4自己理自己。

我想這對許多已婚的男生來說應該是幸福的，老婆比你愛打電動，有時候我們甚至整個晚上就是她玩她的3DS我玩我的PS4，都沒聊到什麼就這樣過了一整個晚上，這大概是愛打電動的男生的夢想吧！

但到了現在，我都沒有玩PS4玩到通宵的經驗，而且也不是每天都會玩。遊戲片的價錢以我的經濟能力來說都負擔得起，但買了新遊戲後也沒有那種迫不及待想快點回家打開玩的心情，甚至現在還有未拆封的遊戲；玩的時候固然開心，但這時候的電玩對我來說，可能就只是彌補青春時的回憶。

就像《勇者鬥惡龍》第十一代上市前，遊戲的官方廣告也是一直主打著回憶，那些曾經沉迷於《勇者鬥惡龍》、下課想要快點回去打電動的日子，那些曾經跟朋友們一起破關的日子等，看了我都忍不住去預訂了一片，只因為滿滿的回憶。

什麼聲光效果、4K畫質甚至VR，到四十歲的現在其實已經無法即刻吸引我，這些都還不如一個曾經沉迷過的老遊戲依然健在的感動。或許遊戲公司也知道這點，才會用情感為主訴求吧！

現在的PS4對我來說，是一個彌補青春的回憶，是一個假裝不想要成為大人的高檔玩具，是一個可以跟朋友連線瞎哈拉勝過打電動的工具，或許還保有當初玩遊戲的熱情，但卻找不回年輕時單純又狂熱的心情，這大概也是到了四十歲後所無法抵抗的心境吧！

但即使如此，我希望到六十歲還是可以繼續打電動，依然還是可以跟朋友一起連線喇賽，依然對《勇者鬥惡龍》二十代充滿著期待與回憶，雖然那時電玩的意義對我來說可能是防止老人癡呆症就是了啊！

華語金曲之夜

記得小時候每次聽當年的流行歌曲時，爸媽總是會覺得那些歌到底是什麼歌，這麼難聽怎麼會紅之類的，那時都會覺得爸媽真的好老派，完全無法接受新的音樂。印象最深刻的是王傑當紅的時候，我爸對王傑極度的厭惡，因為他覺得王傑唱歌超難聽的，問他為什麼難聽，「因為沒有抖音」，那時我真的內心翻了個大白眼，心裡想著抖音超老派的誰要跟你一樣啊！

只是沒想到我現在卻可以理解我爸媽當時的想法了，我是指新歌的部分，而不是抖音的部分。我現在聽到老人唱歌的抖音時還是會全身不耐，我甚至一度以為抖音之所以會叫抖音並不只是因為聲音在抖，而是也會讓聽的人直發抖才會叫抖音。

而關於新歌的部分，不知是從什麼時候開始，逐漸地對國語歌曲沒有太大的興趣，不是說歌不好聽，而是就算聽到好聽的歌也記不起來，不管是歌詞還是旋律都一樣。然後開始會好奇，為什麼當年一首歌聽個兩三次就會唱了，到底是當年的歌太簡單還是我們記憶太好呢？

這情形去KTV就超明顯的，因為新歌快報的歌、甚至是歌手名字根本就像是打開電話簿一樣的陌生，而我會唱的永遠都是那幾首，去多了也真的膩了。如果你跟一群六年級生去KTV唱歌的話，你一旦點了例如畢書盡的歌好了，你一定會被揶揄幹嘛裝年輕，好像會唱新歌是一件很罪惡的事情一樣，因為現場點的歌大概都是二〇〇〇年左右的歌曲，看著過時的服裝與MV，內心卻是無比的熟悉而安心。

而或許是同個世代的老人們也有一樣的感慨，所以「華語金曲之夜」這個活動就這樣跑了出來。

華語金曲之夜已經辦了九年，就像是一個大型派對的概念，只是DJ放的歌都是一九八〇、九〇年代的國台語歌曲，而不是英文夜店舞曲。這是一個很詭異的景象，就是現場來的都是一堆三十歲以上的老屁孩們，跟著可能是十幾二十年前的歌一起開心地跳舞。而我自己大概就算是那種老屁孩，從三十幾歲到四十歲了還是一樣會去，跟我一起去的朋友也大多是差不多年紀，甚至還有一個將近五十歲的朋友每次去都跳得比我們還賣力，我想他的內心應該也是感動得痛哭流涕吧！

但仔細想想，如果這場景換到了公園，應該就跟那些在跳舞的大叔大嬸們沒兩樣了。但真的很難想像，現在聽到小虎隊的〈青蘋果樂園〉或是伊能靜的〈悲傷茱麗葉〉還會這麼的HIGH，聽到徐懷鈺的〈妙妙妙〉甚至是L.A.BOYZ的歌還會這麼的開心，甚至聽到鳳飛飛的〈夏艷〉都會覺得有趣。

有時候會變成一種猜歌遊戲，聽著好像很熟悉卻又想不起來的歌曲，但很神奇的，不管你知不知道是哪首歌，你還是會記得那些歌詞，即使你可能已經十年以上沒聽到那首歌都一樣。

而放到慢歌時，例如劉德華〈謝謝你的愛〉或是辛曉琪的〈領悟〉時，還會全場大合唱變成超大型的卡拉OK；而每年的特別來賓也都很有創意，施文彬、楊烈、李炳輝、張秀卿，這些我這輩子也沒想過會在現場聽到他們唱歌的歌手也都出現了，換個場景在廟口的話一點也不違和啊！

這是唯一可以跟那些現場 HIGH 不起來的屁孩們驕傲的嗆說「你們不懂啦！」的時候，也是一個可以不怕丟臉的大聲唱著這些老歌的夜晚，畢竟這一切不只是回憶，還有我們曾經記憶力都還很好的青春啊！

那是個我們用青春累積起來的回憶一次釋放的夜晚，應該是連續九年了，華語金曲之夜的活動我一次都沒缺席，甚至還上去放過歌。我接下來也絕對不會缺席，因為這是我們一夜限定的夜巴黎大舞廳，也是我們的 Ultra Party。

PART 2

十年之間

還要繼續熱血？

在我剛要出第一本書的時候，那時的編輯，也是現在這本書的編輯兼總編，幫我的書名取作「史丹利一定要熱血」，然後就這樣，我有好一段時間就變成了一個熱血的代表。

那時媒體採訪時總是會問到什麼是熱血，知道我的人都會把我跟熱血畫上等號，直到現在我的臉書粉絲團名稱還是用「熱血史丹利大叔應援團」，但這大概是我目前唯一跟熱血兩個字可以扯上邊的地方了。直到現在偶爾還是會看到有人把我跟熱血連在一起，這時我居然會有種不好意思的感覺，說我長得好帥我都還沒這麼害羞，因為總覺得好像自己已經不太適合這個詞了。

並不是說自己已經不熱血了，只是覺得這樣一直強調真的會有點不好意思。記得在我第二本書裡有寫到一段，「熱血就是不顧一切去做自己想做的事情，就算是微不足道，就算會被人嘲笑瞧不起，但只要是自己覺得應該要做的事、自己想做的事、自己的夢想，那就是咬著牙也要把它完成，這才是熱血啊！」

通常在採訪時或演講時，我還會加上：「在不會傷害人跟可以先養活自己的前提下，總之就是不顧一切的為著自己的夢想往前衝就對了。」光是現在打這一段，我都覺得根本青春過頭了啊！

但其實我現在真的不會這樣說了，畢竟現在還在嚷嚷著熱血好像有點在裝青春了，也因為這種話大概連國中生都會說了，氾濫程度大概就跟現在的夾娃娃機差不多，甚至也很少聽到有人在提熱血這個詞了，大概就跟ＬＫＫ這個詞一樣過氣了。

我不知道現在的我到底算不算熱血，畢竟我真的沒有什麼一生懸命要努力完成的大事，而且現在這樣的人多的是。但想想這十年來，我還是很慶幸地依然在做自己，過著自己想要的生活。雖然沒賺什麼大錢，但生活無虞還算過得去；依然想做什麼事就去做，想去哪裡就殺過去。生活並不能說無憂無慮，但至少過得還算開心。我不用勉強自己去做不想做的事情，看到新鮮的事情依然會想要去嘗試，會為了一些小事而開心，努力的讓自己內心的童心不要失去。

本來以為結婚後會有所改變，沒想到卻更變本加厲。多了一個伴可以陪你去想去的地方，去做想做的事，而因為結婚也跟著另一半接觸了更多有趣的東西。兩個人就像是學生時期天真無憂的小情侶，更棒的是還不用為了沒有錢上汽車旅館而擔心。

我很喜歡這樣的生活，雖然說我沒有什麼一定要充滿熱血要去完成的大事，但對我來說，努力維持這樣的生活，一直開心的過著自己想要的生活，這應該就是我人生中最熱血的事了啊！

就像我在第二本書寫的，所以我才要努力的做自己，因為我不想迷失自己。或許沒有那麼熱血了，但至少我很慶幸我現在依然是如此，一直在做自己，用自己喜歡的方式活著，這對我來說就是一件很熱血的事情了。大概用比較帥氣的講法就是，我不會把熱血兩個字掛在嘴裡，因為熱血早就已經內化在我的生活裡了啊！

好像這樣說也有點中二的感覺就是了……

那個傳說中的泰坦哥

泰坦哥，我的一個好友，在以前的書裡寫過很多他的神奇故事，但這些都已經成為了往事。

他本職是個攝影師，但我覺得他應該是個生活實踐家，因為他想到什麼就會動手去做。他曾經在海邊只用兩個輪框做了桶仔雞，搞得我們真的跟《黃金傳說》沒兩樣；他曾經因為想要一艘獨木舟，就親手打造了一艘，我這輩子還真的第一次看到有人親手製作獨木舟的。但因為忘了計算載重限制，那艘獨木舟的處女航就變成了告別作，跟鐵達尼號的命運差不多。

他是個個性安靜沉穩的人，但那是沒喝酒前。喝酒後就會變成狂野不羈的漢子，狂野到一定要把一起喝酒的人拖去酒店當Ending，不去的話還會追著你跑、硬要拖你去。他狂野到一定會從錢包拿出一疊鈔票丟給我們搭計程車回去，那些錢可能都可以讓我們搭計程車到台中了。總之跟他喝酒總是會有好多的趣事，但那都是已經不會再發生的事了。

因為他結婚生小孩了。

我以前也曾經寫過，朋友生小孩之後大概就跟往生沒兩樣，因為你們已經在不同的次元，思考的方向也變得不一樣。更重要的原因是，有了小孩之後，你們根本就很難像以前一樣可以瞎聊打混就這樣度過一個晚上了，當然更不可能有時間做什麼該死的獨木舟了。與其跟他失聯，還不如就當他是往生，那之後突然聯絡可能都還比較有驚喜感一些。

每個有責任感的男人在結婚生小孩之後，即使你不承認，想法一定都會有所改變，變得會更想要看到小孩，變得更想為小孩與家庭著想，變得做什麼事都是以小孩為重。曾經有一個朋友，好不容易跟老婆請假與我們去滑雪，問他終於有暫時的假期開心嗎？他用很平淡的語氣說：「應該有吧！但我還是很想念我的小孩，他昨天說爸爸都沒回家害我好心疼……」

大概就是這樣，一旦有了牽掛，你終究是無法放開心地去享受的。喔，然後比較奇怪的是，幾乎全部都是想念小孩，沒有人會想念老婆就是了。

而這樣的轉變，在泰坦哥身上應該是最極致的。以前的他可以每天跟我們喝酒瞎混不用管時間，現在應該也不是不行，只是他就是一直在工作，偶爾約也是在工作，總之他就是有接不完的工作——因為他要養家。

他總是擔心著養小孩很需要錢這件事，他想要換個更大的房子，他總覺得自己的工作會被取代，他總是有好多的煩惱，而這些煩惱大部分還是來自對於沒有給小孩更好的生活而恐慌。我們喝酒的機會變少了，甚至他說他連酒都喝得少了，問他為什麼他也回答不出來。直到在我自己在沖繩的婚禮時，我本以為我們終於有機會可以好好喝一下了，但沒想到他就真的只參加了我的婚禮，然後其他時間連喜宴都是在陪小孩。我那時才理解，對他來說，陪小孩、為小孩打拚都比喝酒玩樂開心許多吧！

所以最近他也不找我喝酒了，他最後一次約我居然是約我玩滑板，只是因為他的小孩也在玩，我還是不習慣他這麼的青春啊！

我有時候會感慨，雖然他可能真的沒那麼有趣了，雖然他現在變成一個他不想承認的、努力把家庭一肩扛的好爸爸，雖然他現在可能除了工作之外就是以家庭為重，泰坦哥都不是以前的泰坦哥了。但我並不覺得這樣有什麼不好，我們只是在人生的路上往不一樣的方向前進了，我不能因為走了一般人比較不會走的路，就覺得其他人是不好的，沒有對錯，只是方向不同而已。

有家庭的朋友會一個個的疏遠，這也是我這年紀都會遇到的事，漸漸地，我的身邊會有更多單身或是結婚但沒有小孩的朋友，畢竟走在一樣的路上才會有常碰到的機會。

但我還是會懷念以前那個瀟灑又狂野的泰坦哥，尤其是他撒錢的那一部分啊！

那些特別的前女友們

每次的戀愛過程中，總是會有一些你的另一半不喜歡你做的事，不喜歡你抽菸，不喜歡你馬桶蓋沒掀；不喜歡你看A片，不喜歡你射裡面。不喜歡你每天盯著手機的時間比看她還多，不喜歡你完事後不抱抱她只會抽事後菸。

遇到這種時候，有些男生可能會為另一半而改變，也有些人會依然故我然後每天被另一半唸，當然更多時候男生可能也不是不改，只是忘記而已。也有些時候男生是答應另一半會改，但另一半沒看到或不在時卻又故態復萌，我應該就是屬於這一種的。

大學的時候我在追求一個女生，某次我們在散步時，她說她很喜歡我，但因為我抽菸，所以遲遲無法決定要不要跟我在一起。我聽到她這樣說後，就馬上從口袋拿出我的菸，然後帥氣的丟出去，「我會戒菸的，我們在一起吧！」就這樣，我順利的把到她了。

那時我根本沒有想戒菸，我的想法就是先上了再說，所以說，男人一點都不笨，我們只是擅長追求當下，而會忘了更遠的東西。但也因為這樣，完全就是整死我了啊！因為我完全不想戒菸啊！後來我就想出一個方法，就是跟她約會時忍一忍不要抽就好了，因為我們沒有住在一起，所以沒跟她碰面時還是可以盡情地抽菸。

所以我跟她相約時，多期待她可以去上廁所，最好是人多要排隊的那種，這樣我才可以有空檔去補充尼古丁。而且盡量不要挑選可以抽菸的餐廳（當時還沒有《菸害防制法》規定室內不能抽菸），因為那對我來說會是種煎熬。感覺一切都很順利，但我還是發現了一個問題……

就是我很不喜歡她來我那邊住啊！每次她來我家住的時候，我根本就無處可躲，總不能每次都說要去便利商店買東西，因為她也會想跟我去，所以當她說要來住超過兩天我就會超級惶恐的。這時候，我唯一的救贖就是住在隔壁的我同學了。

通常我都會假藉著去找同學聊天的時候補充尼古丁，因為我同學也有抽菸，所以身上有菸味是很正常的事情，而嘴巴的菸味可以藉著口香糖之類的東西消除。但沒想到我忽略了一點，就是我的女友會把我的手抓去聞有沒有菸味啊！

因為抽菸的人要拿著菸，所以手上一定都會殘留菸味，這就變成我有偷抽菸的關鍵證據了。而因為這樣，我也想出了一個變通的辦法，那就是……

用筷子夾著菸抽！這看起來超蠢的，應該是我這輩子幹過最詭異的事情，但真的也超好用的啊！所以我就度過了好長一段用筷子夾菸抽的日子，而我同學房間還放著一副我專用的抽菸筷了……

其實當時我還滿後悔的，為什麼當時為了要耍那個帥說要戒菸，但那時真的讓我了解了，一旦你說了謊，就要用更多的謊來圓你原本的謊的道理。

出社會後，我交了一個女友，她沒有不准我抽菸，是各方面都很好的一個女友，但她卻不喜歡我喝酒。

說真的，菸跟酒要我選擇放棄一個的話，我一定會選菸，再加上之前的經驗，我這次絕對不會輕易地說我要戒酒了。

但這也成為了我們最常吵架的點，如果說她是怕我去夜店喝酒、怕有太多妹我會受不了誘惑也就算了，她不是，她也不是怕我喝醉鬧事，因為我喝醉通常都沒有力氣鬧事，只會想睡覺而已。說穿了原因，就是她不喜歡我喝酒，當然她自己也不喜歡酒。

有時候我要跟朋友相約去酒吧喝酒，她不准，那我就跟朋友相約在離家五分鐘距離的熱炒店喝酒，她還是不准。我甚至一直灌輸她喝酒有什麼好處，會讓生活有多好玩，她就是不喜歡酒。喝酒這件事變成了我們之間最大的隔閡，我不肯為她戒酒，她也不會接受我喝酒。我不知道酒這東西到底跟她有什麼深仇大恨，這直到我們分手後還是一樣不變。

當然這不是我們分手的主因，但或許也是一個我們一直無法克服的關卡。從此之後我交女友的條件就增加了一個，一定要會喝酒。

分手之後我都沒有她的消息，再一次遇到她時是在國外，而且還是個酒吧裡。遇到她我已經很驚訝，在那種地方遇到就讓我更驚訝了。

而跟她聊過之後我真的「驚呆」了，因為，她居然考上了清酒的唎酒師資格啊！所謂的唎酒師就是類似品酒師那樣，是說，要考這個不是要會喝酒嗎？所以就表示她跟我分手後，根本就是一直在喝酒啊！

所以，一個當初不喜歡酒，也不准我喝酒的女友，跟我分開後卻搞得比我還會喝酒，那她當初跟我吵架是在吵辛酸的嗎？把我當初吵架的時間跟心力還給我啊！

有時候我會想，如果她當初就跟我一樣不會排斥酒的話，我們現在是不是還會在一起呢？我想我唯一後悔的是，我應該要晚點認識她，畢竟現在我們已無法度過一起開心喝酒的時候了啊……

但換個角度想，可能是我當時一直洗腦，才讓她開始了解喝酒的樂趣吧？也算是幫人開發了一個新的興趣，只是爽的是她現在的老公啊！對我來說有什麼好處啦……

但這還不是最後悔的，最後悔的是我交往過的另一個女友。她是個長得漂亮腿又長的女生，不會不准我抽菸喝酒，不會管我或限制我，唯一硬要說缺點的話，就是她沒有胸部這一點，但其實我一點都不會介意的。

雖然說不介意，但你知道男生就是很幼稚的，有事沒事就喜歡拿她的胸部來開玩笑，但這真的不是惡意也不是嫌棄，畢竟我也挑不出她其他可以開玩笑的地方，就真的只是無聊與幼稚而已。

跟這個女友在一起的時間不長，幾個月後就分手了。分手後也一直沒碰到面，而再一次看到她的時候，是在臉書上的一個社團，那個社團就是個專門偷拍路上正妹的社團，而我那個前女友就在捷運上被拍到了。

我一開始看到還不確定是不是她，因為，她胸部變好大啊！我連忙再去找她臉書的照片，我真的無法相信我的眼睛，因為每一張照片的胸部都是大的！這完全不是我熟悉的那個胸部啊！有鑑於她真的已經過了發育或是狂吃木瓜都無法再長大的年紀了，所以我可以斷定她跟我分手後，就跑去隆乳了。

我不知道她是不是被我當初無心的玩笑傷害到，但我其實真的沒有惡意的。當然我也沒有反對隆乳這回事，但最讓我後悔的是……

妳要隆乳為什麼不跟我在一起的時候就去隆啊！我這輩子沒遇過假奶，我也想要了解一下現在的科技有多進步，我也想要體驗一下那個觸感啊！

看來我又讓一個女人重拾了自信心了，這應該也是種積德吧……

所以，我讓不喝酒的女友跟我分手後變成了品酒師，我讓小胸部的女友跟我分手後跑去隆乳，我想我應該是一個很善於啟發別人的人吧！

但為什麼不是跟我在一起的時候啊！不管是喝酒還是大胸部，都讓我無法當下享受到，這應該是我人生最後悔，但也無法挽回的兩件事了啊！

那個我這輩子可能都脫離不了關係的沖繩

二〇〇九年我出了一本關於沖繩的書，事實上那比較算是一本遊記，只是寫了我去沖繩玩的一些地方與心情，但不知為何地被當成了沖繩的旅遊書，而更不知為何的我也變成了眾所皆知的沖繩達人。

我當然很喜歡沖繩，當初會寫書也是因為以當時的背景來說，沖繩不會是年輕人出國旅遊的前五個選項，可能連前十名都沒有。因為這樣的背景，自己覺得沖繩是一個那麼好的地方，為什麼台灣都只有老人會去，所以才寫了一本關於沖繩的書。

之後的發展就很有趣了，到了一個我自己都想不到的地步。去沖繩觀光的人愈來愈多，根據當時的朋友與空姐朋友的說法是，飛機上幾乎有一半的人都會帶著我的書，當然因為市面上也沒有其他的沖繩書就是了。往沖繩飛機的航班從我當時寫書時只有華航的一天兩班來回，到現在已經發展成包含台中高雄至少一天將近十班，沖繩機場剛擴建就快要不敷使用。華航的精緻旅遊服務，一直以來日本線的第一名都是東京，第二名是關西，在我出書的第二年還是第三年，沖繩已經踢掉了關西變成了第二名，這一切都是因為我出書的關係嗎？

當然是啊！不然你跟我說為什麼突然沖繩會變得這麼熱門，這點我沒在謙虛的啦！

但應該說當然不完全是因為我的關係，我是開了一個頭讓人知道有個這樣的地方，接下來就是靠被我吸引去的人口耳相傳，其他網紅、網美、部落客大力地介紹之類的，當然也是沖繩本身夠吸引人又容易入門的關係，不然如果我當時寫的是烏干達應該也不會有人鳥我就是了。

因為沖繩，我突然地變成了日本達人或旅遊達人，旅遊相關的工作與演講多了好多，每天都有人會在臉書粉絲團問我各種相關的沖繩問題，最後擴展到日本旅遊的問題甚至是各種旅遊相關的問題都會來問我。因為沖繩，我只能出旅遊書，尤其是沖繩的旅遊，因為出其他的書都沒有人會鳥我。

這讓我想到了那些只有紅一首歌的歌手，他開了整場演唱會，大家只想聽他最後紅的那首。例如 Piko 太郎的演唱會好了，他唱多少其他歌都不會有人鳥的，因為大家只想聽到〈PPAP〉，而沖繩大概就是我的〈PPAP〉吧。

我在沖繩最輝煌的成就，應該是一個在沖繩報社的記者告訴我，沖繩縣議會有個議員在議會質詢沖繩縣長，問他知不知道台灣的史丹利這個人。縣長當然不會知道，該議員就建議說因為我為沖繩帶來很大的觀光效益，應該要頒發給我「沖繩大使」之類的獎項，來表揚我對沖繩的貢獻。於是沖繩縣長還真的來台辦個晚宴，然後頒發給我沖繩大使的獎狀，這應該算是我人生最有成就的一刻了。

順便提一下那個大使真的就只是個獎狀，去沖繩還是要自己付錢買機票，住宿也沒有打折，下飛機一樣要排隊通關並不會有紅地毯跟禮車來迎接，一切都只是個榮譽而已。但想想自己的名字可以在外國的議會被提起，也算是完成了人生一個莫名的成就了啊！

這幾年沖繩在台灣又似乎是更異常的熱門，熱門到我都覺得異常了。在臉書上看到在沖繩打卡的人，比看到在綠島打卡的人多好幾倍，整個國際通大街有一半以上都是台灣人，根本就是一個墾丁大街。沖繩最主要的道路國道58從那霸到北谷的路段每天都在塞車，這大概都是我以前在沖繩看不到的景象。

可能我自己也要負一些責任吧！印象比較深刻的是在美國村的熱狗店，本來真的只是因為他就是大胃王小林尊在紐約參加比賽的熱狗店的分店，真的跟沖繩一點關係也沒有。但卻因為在我書裡寫了之後，可能是提到小林尊的關係，那家熱狗店幾乎都是台灣人去吃的，沖繩當地人可能很疑惑為何它會變成名店。

還有另外一個也是個莫名其妙的例子——國際通附近的暖幕拉麵，可能是因為號稱在電視節目勝過一蘭拉麵的關係，到現在還是每天大排長龍，而且都是台灣跟香港人。當地報社的記者還特別去探究原因卻摸不清頭緒，問到我這邊來才發現可能是因為我書裡有寫到，然後再加上口耳相傳的關係。

這些本來都不算沖繩的有名的店，卻意外地爆紅了，沖繩當地人應該都覺得很莫名其妙吧……

現在沖繩的觀光客真的變得好多，當然台灣人是最大宗的遊客，走到哪裡都可以遇到台灣人，有時候一整家店裡幾乎都是台灣人。身為一個出沖繩書的、又是觀光大使的人，看到這景象當然是開心的。但不知為何，我還是會懷念以前那個安靜不熱鬧、不太塞車、又沒那麼多觀光客的沖繩。

當然我還是很高興沖繩有那麼多人喜歡，但我更希望大家喜歡的是沖繩這個地方，而不是只把他當作是日本的替代品。尤其是看到拉麵店在大排長龍的都是台灣人時，心裡面總是會忍不住吶喊：「這邊是沖繩不是日本啊，你們應該是要去吃沖繩麵而不是花時間在排拉麵啊！」我想應該還是會有人把沖繩當成比較近的日本，而忽略了沖繩本身的魅力。

雖然這麼說，我現在依然還是喜歡沖繩，除了工作外每年都至少會去個兩次。我結婚前交女友的條件從無法喝酒就不能交往，默默地增加了不喜歡沖繩也無法交往的病態。後來結婚了，還好 Gigi 也跟我一樣喜歡，可能都比我還喜歡，我們甚至有想在沖繩買房定居的想法，我想我這輩子跟沖繩真的就脫不了關係了。

不到十年，我根本沒想過我現在跟沖繩的連結會那麼的深，深到計畫在那邊定居。我也沒想過現在的沖繩會變成那麼的熱鬧，熱鬧到沖繩的發展快速到難以想像。沖繩是不是真的被我改變了我也不知道，但我想就算我沒出書，應該還是會有人發現沖繩的好吧，只能說我運氣好搶到了頭香啊！

最後還是要以沖繩觀光大使的身分說一下，希望大家喜歡沖繩，觀光客愈多愈好喔！

隨興的爛泥旅行

年輕時剛開始出國的時候，都會把行程排得滿滿的，哪裡一定要去、哪裡一定要吃，每天搞得跟行軍一樣，畢竟那時剛開始出國，什麼都覺得有趣、什麼都覺得新鮮，恨不得把該去的地方都去到、把該買的東西都買到，結果搞得回來就只是更累而已。

那時候美其名是自由行，但事實上就只是個沒有導遊的旅行團而已，差別在於不用拉車去好遠的地方，也不用去特別貴的店買名產與參觀珠寶工廠。

現在或許是年紀大了，也或許是出國次數頻繁了，沒什麼錯過覺得可惜的，錯過而懊悔的時間大概都比大便還要短，畢竟欲望那麼多也只是把自己搞得更焦躁。現在旅行的方式早就不同了，愈來愈隨興，隨興到無拘無束過著明天不知道要去哪裡的旅行。

某次去泰國停留在華欣幾天，那是一個海邊的度假小鎮。因為想要休息沒有安排什麼行程，所以我和 Gigi 兩個人白天大部分的時間都在飯店的游泳池度過：在泳池邊看看書、熱了就下去游個泳，當然少不了喝酒，像個爛泥一樣的混了好幾天，傍晚才去當地的市街或是夜市走走，看似無意義的行程但卻覺得好舒服。

在那幾天的泳池生活當中，每天都可以在泳池看到一對老外夫妻，他們每天就躺在我們的對面跟我們做一樣的事情，看看書游個泳，我們會躺在固定泳池兩邊的位置，似乎培養出默契誰也不打擾誰。

我們本來沒有交談，但遇到兩三天後老外自己跑來找我聊天了。他先是問我從哪裡來，我跟他說台灣後他就驚訝地跟我說，「我覺得你們根本不像亞洲人吧。」我問他為什麼會這樣說，他說他認識的亞洲人很少會像我這樣來個兩三天都躺在游泳池的。

事實上好像也是這樣，我躺在泳池的這兩三天，常常會看到也是住在我們度假飯店的來自台灣或是香港、中國大陸的遊客，來泳池這邊就是拍拍照然後再拍拍照，有的可能連下水也沒有，拍完照就離開出去玩了，之後就沒看過他們在泳池出現了。

這讓我想到台灣人或許亞洲人都一樣，出國旅遊都會把行程排得好滿，深怕有什麼地方沒去到，有什麼東西沒吃到，好像是在集點一樣，一定要把想去的地方集滿為止才甘願。以前我也會這樣，但後來發現這樣的旅行其實完全沒有放鬆到，回國後只是更累而已。

我想大部分的人的想法都是好不容易放假花錢出國玩，一定要去很多地方吃很多東西，就像吃到飽一樣要玩到回本才行啊！

接著老外又問我，「我真不懂這飯店那麼好，游泳池那麼棒，大家如果都不待在飯店，那為什麼又要花大錢住這飯店呢？」我也不知道啊，大概就是圖個爽跟拍照好看吧……

我想旅行的方式真的沒有對或錯，而是看你自己想從旅行中得到什麼而已。

愛購物的可以得到一堆的紀念品，愛拍照的可以得到一堆照片或是臉書上好多人的讚，愛放鬆的可以得到完全的休息。沒有什麼好不好、也沒有什麼對不對。就像有人喜歡看漫畫有人喜歡看叔本華，你不能說看漫畫的就沒水準、看叔本華的就多高尚，這是喜好問題，是完全不能拿來比較的事情。

但我想你選擇旅行的方式會代表你可以收穫到的東西。或許你會覺得可以便宜買到名牌包很開心，吃到別人推薦的美食很開心，當然你也可以像我這麼廢地躺在泳池兩三天只是為了放鬆而已。但不管哪一種方式，只要是你喜歡的都沒問題。

以我自己為例，我現在不會想要去收集什麼米其林星星，也不會硬要去什麼壯麗的景點拍照。現在就算去到一個新的城市，也不會急著想要去什麼景點，就隨興的在街上亂晃，看到有什麼店覺得不錯就進去看一下；也不用找什麼有名餐廳，看得順眼不錯就進去，就算踩到地雷也是一種樂趣。

現在的旅行對我們來說，已經不太像是旅行，比較像是換個地方生活。

所以不管你是喜歡怎樣的旅行，我想偶爾也可以試試看不一樣的旅行方式，一味地買東西可能會錯過更多的樂趣，就像我躺久了還是會想要去逛逛一樣。換個不同方式去旅行，那個你去再怎麼多次的地方也會讓你有意想不到的驚喜的。

無法獨處的旅行

我的朋友黑熊，年紀跟我一樣，在他的工作領域已經是知名等級，外表不差，穿著搭配也很有型，但他的感情卻非常的不穩定。本來他也不以為意，但發現身邊的朋友包含我一個個都結婚了，雖然他嘴巴不說，但卻可以感受到他的恐慌。

他的每個女友都抱怨過一樣的問題，就是他太喜歡工作，永遠都是把工作放在第一位，可能交往快一年都還沒跟女友離開台北去旅行過。就算是去南部，他也是因為工作的關係才會去然後順便玩一下，這可能就是他們僅有的、離開台北的旅行。

他有一次跟當時交往一年的女友大吵，因為他們終於開開心心規劃好周末要去台南走一走，而在出發的前幾天，黑熊突然跟她說他不能去了，因為他臨時接了一個工作，就在要出發的幾天前。

這狀況任誰都會不開心，明明是幾個星期前就規劃好的行程，黑熊也知道他們要去玩了，但來了一個臨時的工作，不缺工作的黑熊其實要推掉也是可以的，但他卻還是接了，任誰都看得出來在他的心目中，工作真的比感情重要許多。

並不是說不能重視工作，工作是你的責任，但你還有另一半，她既然跟你在一起，那該如何維持也會是你的責任。並不是說不能把工作看得比感情還重要，但至少九比一跟六比四還是有很大的差距的。除了對工作過分的重視外，我發現還有另外一個原因，就是他似乎無法跟女友單獨出去玩。

那個當時被他放鳥的女友，終於在隔了幾個星期後又安排了一次台南的旅行，這似乎是他們真的第一次兩個人單獨去旅行了，正在我感慨黑熊終於長大了的時候，看到他們臉書的照片，才發現黑熊去台南找了當地的朋友BE當地陪。

所以臉書照片看到不管他們去哪裡，都可以看到BE的身影，從早到晚都是，到頭來變得黑熊好像是去探訪朋友，然後朋友就帶他們去晃晃一樣。因為BE也是我的朋友，我大概可以想像黑熊可能全程就是跟BE敘舊、喇賽的模樣，而他女友就是在旁邊故作鎮定微笑的樣子。

到底是有多麼怕跟女友獨處啊！為什麼難得的兩人旅行還是硬要找一個電燈泡來？是怕尷尬還是覺得跟女友出去玩很無聊？我這個時候才了解，或許當時那個臨時來的工作對黑熊來說是個救贖，因為可以有正當的理由避免跟女友獨處，當然是他自以為的正當。

其實不只是黑熊，我發現很多情侶甚至是夫妻都不會兩人單獨去旅行，我認識一對交往超過十年的情侶，有次我們兩對一起去沖繩玩，因為我們有工作所以提早兩天回來，而這才意外造就了他們兩個第一次單獨的在國外相處，是交往超過十年的第一次。而更誇張的是，他們還討論如果結婚度蜜月也要找朋友一起去，這應該是我聽過最莫名其妙的想法了。

我有點無法理解這樣的狀況，因為在我的認知裡，跟另一半單獨旅行是很稀鬆平常的事，當然一群朋友出去玩熱熱鬧鬧的也是一種開心，但熱鬧過後我還是會想要有兩人獨處的時候。或許兩個人會有無聊的時候，或許也是會有沒話講的時候，但就算沒有說話，有另一半在旁邊也是會覺得安心與開心。或許會有吵架與爭執，但就算沒有一起旅行也是一樣會吵，所以這又有什麼好擔心的？

所以到現在我們即使也是會跟朋友出去旅行，但一年至少還是會有一到兩次是單獨去旅行的，這無關什麼感情加溫或是促進情趣之類的，那單純的只是我們兩個想要一起去旅行，而不想要有其他人一起而已。你問我為什麼我也不知道，但我是覺得如果兩個人想要單獨相處還需要原因的話，那可能真的要想想為什麼要在一起的原因了吧？

到現在我還是無法理解為什麼不喜歡單獨去旅行的原因，可能是久了膩了，也可能還是喜歡一群人比較不會無聊，當然更有可能是根本不想跟對方一起去旅行，但不管是哪一個，都不會是兩人在一起會出現的原因的。

所以黑熊後來還是跟那個女友分手了，雖然我有點同情那個女生，但覺得對那個女生真的是個好的選擇。而後來黑熊也交了新女友了，也常聽她抱怨黑熊對工作的重心放太重了，這似乎好像是一種不斷出現的 Deja vu，也只能希望黑熊能好好保重了。

機票與旅行，就是我的名牌包與好車

「你又出國了？為什麼你的日子可以過得這麼的爽？」

這大概是我近幾年最常被問到的問題，問這個問題的人的心情，大概就是羨慕跟忌妒各半，因為他們都無法想像這樣的生活。

「你也可以啊！只是你想不想要而已啊！」

我每次都會這樣回答，但換來的答案大多是，「怎麼可能有那個時間啦！」「怎麼可能有那個閒錢啊！」這樣的答案大概是最常聽到的。

但我始終覺得，沒有什麼可不可以，只有你想不想而已。

就像我並不是一個很有錢的人，頂多就是生活還算過得去，但存款絕對沒有大家想像的多，因為我把錢都拿去買機票跟喝酒了。我曾經想過我如果把這十年的菸酒錢跟旅行錢都存下來，我可能真的可以買一幢豪宅，但我買了豪宅之後呢？我不知道，可能就是在空蕩蕩的房子裡發呆，然後回憶我這十年不開心的生活。

這真的只是價值觀的不同而已。有些人省吃儉用的只想要買名牌包，有些人努力存錢只想買輛好車，需不需要是一回事，但至少可以讓他們開心滿足一陣子。而我存錢、工作就是為了買機票與旅行，這就是我的名牌包與好車。

每個人享受生活的方式不一樣，有些人想要努力賺大錢，每天都埋首於工作中，讓自己與家人的生活過得更好；有些人因為未來的不安定而擔心，所以每天戰戰兢兢地想要存更多錢來確保自己有個好未來；有些人沒有什麼興趣嗜好與目標，就只求生活過得順利就好；有些人錙銖必較分秒必爭，每天都圍繞著工作與錢在打轉，交朋友也是為了要讓自己的事業更好，抽掉了工作可能就什麼也不是了。

每個人在意的方向不一樣，但你不能說跟你不一樣就是錯的。即使我很討厭埋首在工作，或是開口閉口都是錢的人，但我也不能說他錯，因為這樣才能讓他有滿足感。而同樣的，這樣的人也不能說我們就是對人生不負責、只是每天在玩而已，因為對我來說這樣才是開心的。

我不是要說可以一直出去玩有多了不起，只是我們對於生活與世界的認知有很大的不同。有些人認為人生就是要努力工作賺錢，買車買房，給自己與家人更好的未來，對他們來說，可以讓他們感到開心的世界就是這樣，如果你叫他放下工作去環遊世界的話，他可能會玩得心驚膽跳的。

對我來說，想要去海邊山上就直接殺過去，想要去參加什麼音樂祭就計畫個時間衝去，晚上跟朋友嬉鬧喝到爛醉也是可以，當然想要出國走走就開始找機票，沒事的話就賴在家裡看書打電動也好。這樣的生活即使沒有太多的錢也可以很滿足的。

但也可能引起很多人的指責，覺得我就是一個不負責的男人。但畢竟我的老婆也是跟我一樣的想法的時候，那我要對誰負責呢？這世上總是會有很多這種別人附加的無謂的責任，你又不是記者，真的不需要每天去問別人該怎麼負責的。

所以，你不用指責我對人生不負責任沒有上進心，就像我也不會指責你每天只有錢的生活很無趣，這樣比來比去真的沒什麼意義。我們都只是走在我們覺得可以讓我們活得更充實的道路，只是方向不同而已。

不管是哪種生活方式，你只要自己覺得開心滿足就好，就看你自己覺得值不值得。但如果你想要改變的話也是可以，但就是要有改變的勇氣，很多事情轉個念其實也是可以。就像我前面說的，沒有什麼可不可以，只有你想不想而已。

「怎麼可能啦！我工作那麼忙，又沒什麼錢可以像你這樣爽啦！」

也是，那等哪天波多野結衣約你出國玩，你還是一樣的回答的話，我才真的相信你不行啊！

年近四十的運動新生

我不是個愛運動的人，即使年輕時的外表看起來像個運動健將一樣，可能是皮膚黑又比較高大厚實的關係，常讓人出現我都有在運動的錯覺，就像大家都會覺納豆怎麼可能會有一堆妹那樣的錯覺，但不同的是我真的不愛運動而納豆的妹真的很多。

以前真的不喜歡運動，年輕的時候白天上班，下班後就跟朋友去吃飯喝酒，不然就是回家看電視繼續上網，週末就是約會不然就是繼續喝酒玩樂，腦子裡完全不會出現運動這兩個字。唯一身體有在動的時候，大概就是跟女友在一起滾來滾去，我想你應該知道我都做些什麼運動。

我記得在十多年前我剛出社會時，健身風氣開始盛行，連鎖健身房一家一家的開，感覺下班去健身房是一種好時尚的事情，但我完全沒有動心過。身邊的人紛紛加入會員，以為在健身房揮汗運動就可以變得帥氣美麗，但最後的下場就是繳了會費，一開始會很熱衷地去健身，之後去的次數大概都比回老家的次數還少，然後等會費到期時就默默地結束掉。

隔了幾年後，不知為什麼腳踏車突然流行了起來，那時候根本就是小折的天下，各種小折賣到缺貨，台北新開的腳踏車店都快比機車行還要多，週末假日全家一起去騎腳踏車好和樂融融。那時我也買了一台，一年來騎的次數可能和我跟當時女友一個月在床上滾來滾去的次數差不多。

然後跑步開始盛行了，直到現在好像還是很風靡，一年三六五天台灣可以辦二百五十場以上的路跑大賽，這或許是最不需要花錢的運動，但我真的就不是很喜歡慢跑，所以這也不是我會參與的運動。

總之台灣流行的運動在我年輕時我都沒有參與到，本以為這個詞對我來說大概就會像億萬富翁一樣的無緣，但沒想到在年近四十的時候突然開始運動了，而一切都只是為了妹。

剛跟 Gigi 在一起的時候，就知道她是個愛運動的人了。交往不到一個月吧，她突然說要去騎腳踏車，當然我不可能說不，因為這次說不，下次一定還是逃不掉，只好硬著頭皮答應她，因為要 MAN。她騎的是單速車，而沒有車的我只好跟她借一台小折，而且還是桃紅色的，就這樣我們一路從六張犁開始沿著河堤騎到木柵動物園對岸。

意外的我也沒有覺得多累，桃紅色的小折雖然很娘但也算好騎，不會追不上反而覺得心情好愉悅，突然發現原來自己體力這麼好。很多人都說不管年輕時體力多好，但年紀大了之後就不行了，不過我無從比較起，因為我年輕時都沒在運動，現在反而覺得好像也沒有什麼體力不好的感覺。

就這樣沒事的時候一起去騎車也變成了一種約會的方式。而在她的影響下，我也開始去滑雪，因為這是她冬天一定要做的事情，尤其是剛在一起三個月還算熱戀的時候她就要去滑雪，我就算不會也是要帶著會摔斷腿還是要跟她一起去的覺悟，因為要MAN。

而過了半年她說因為我出國工作太久很辛苦，所以回國後送我的禮物是一張滑板，我還真不知道是不是應該要開心，因為與其說是禮物還不如說她是用這方式強迫我陪她玩滑板，但我還是跟她一起去滑了，從頭開始學，因為要MAN。MAN 這個字應該害死一堆男人了啊！

但意外的我居然都很樂在其中，腳踏車現在反而我騎得比阿 Gigi 還勤，滑雪變成了我們兩個冬天出國的主要行程，滑板現在反而變成我在市區的代步工具，雖然沒有很厲害，但久了沒玩會很想玩，玩的時候是愉悅的，就算累到喘還是覺得很開心。接近四十歲才開始運動不是為了健身減肥，也不是為了時尚流行，純粹就是做這件事會讓我開心，不用刻意的去做，而是讓運動變成日常，原來運動也不過就是生活的一部分而已。

只是沒想到我年近四十歲才開始玩二十多歲的人在玩的事情，這種倒著活的人生大概也算是我的某種特異功能了啊！

殘而不廢滑雪路

我想應該很少人會到快四十歲的時候才開始喜歡上一個運動，而且還是一個不太適合在這年紀才開始學的運動，但我卻有點莫名其妙的開始了並迷上了滑雪。

這幾年的冬天，我出國就是去滑雪，每年雪季至少會去日本滑個三趟，都比我一年去行天宮的次數還多了。但看這狀況下去，勢必接下來的冬天都會是這個樣子。

當初是因為 Gigi 的關係開始滑雪，因為她很愛滑，我也只能在剛交往還不到三個月就硬著頭皮跟她去。從剛開始摔到全身痠痛起不了床，還要先滾下床後扶著床才能站得起來，到現在可以享受到滑雪的樂趣。每個人都覺得我進步神速，但事實上大概這就是「三折肱而成良醫」的最佳印證。畢竟都花了那麼多錢那麼常去，正著摔、反著摔、空中轉體三百六十度的摔都經歷過了，再不會滑就真的只剩摔出一片天了。

我從沒想過我這輩子可以那麼長的時間持續一項運動，或許是只有冬季限定才可以，因為有其他三個季節累積起來的期待；也沒有想過可以出國就只做那麼一件事、去那麼一個地方也不會膩。就拿北海道來說，我至今去了北海道大概五次，我最熟的地方就是機場與雪場，美瑛對我來說可能都比美環還陌生，小樽的印象也依然只停留在將太的壽司而已。但我都去了五次北海道了，大概就跟觀光客來台灣五次卻沒有去過夜市一樣的神奇。

但其實還是要自己喜歡啦！這兩年台灣突然好流行滑雪，雪場上的台灣人愈來愈多，我不知道是什麼原因大家突然想要滑雪，可能是為了新鮮，可能是覺得帥，對我來說滑雪真的是為了愛。一開始是為了表現對 Gigi 的愛，但之後真的是對滑雪的熱愛了。

那為什麼會熱愛呢？仔細想想滑雪這回事就是這樣，搭著纜車上山後，就順利的滑下來，然後再繼續搭著纜車上山，然後再滑下來，簡單說就是一直在重複這樣的行為，大概就跟籠子裡的老鼠在玩滾輪沒兩樣吧。

但真的喜歡滑雪的話，其實就是在享受那樣的過程，自己突然的進步滑順了、一直害怕的某個彎或是某個坡度突然可以征服了，滑雪就是這樣一個在有形無形中讓你可以得到一點點成就感的運動。然後等你真的會滑了，還有更陡的坡度或是樹林等不同的地形路線等你去挑戰，怎麼樣都比老鼠的滾輪有趣多了！

說到底我也沒預料過為什麼滑雪這回事會進入到我的生命中，還佔據了我出國的額度好大一部分，我甚至很少會對一項運動有這麼持久的熱愛。即使冬天已經滑到雙腿無力、看到白色的景象已經感到厭倦，但冬天過後卻又會開始想念那種感覺，然後就是期待著下一個冬天的來臨，迫不及待地又想要整裝出發去滑。這真的是有病，但我卻一點也不想把這病醫好啊！

不過對於年近四十突然還會愛上一項運動的自己其實還是覺得有點不可思議，這是十年前的自己絕對不會相信的，更何況還是一個這麼不像是中年才會開始的運動；想像一下如果一個中年大肚阿伯跟你說他要開始學滑板的景象，你可能會覺得他應該是ㄎㄧㄤ掉了才會這樣。我現在大概就是這樣的情況，該死的我也有在玩滑板，原來我就是那個中年大肚阿伯啊！

而更可怕的是我居然還想要再繼續滑下去，這種殘而不廢再接下來就會變成老而彌堅的故事居然會發生在我身上，我想我應該可以變成「我都辦得到了，你們也可以的！」這種激勵故事了……

所以，各位中年朋友們就請加油吧！你們一定可以的啊！

最年輕的屁孩朋友

隨著年紀的增長，你會發現有很多東西與你的間隔愈來愈長，例如距離上次一個晚上來兩次以上到現在的間隔，上一次徹夜喝酒狂歡到下一次的間隔，還有看東西時物品與你眼睛的間隔等。但大概只有一個東西的間隔會隨著年紀的增長而愈來愈短，當然我不是指吃藥或補品或健康食品的間隔，而是朋友的年齡與你的間隔。

很多人可能不會注意到，年紀愈大愈難交到新朋友，更不用說交到一個年齡比你還年輕很多的朋友了。我說的朋友不是指同事或是工作上的朋友，當然也不是指認識卻不會聯絡的點頭之交，而是那種真正會跟你一起廝混的朋友。

大家可以仔細想想，你生活圈的朋友中，最年輕的那個小你幾歲呢？

我最年輕的朋友DDC，小我十三歲，差距一輪以上，我認識他的時候是三十四歲，而那時他才二十一歲而已。我完全無法想像我怎麼會跟一個二十出頭的小屁孩瞎混，但不知為何我們聚在一起總是可以玩得很開心，我想不是他夠老派不然就是我依然太幼稚吧！

DDC真的是一個很有趣的屁孩，他不會覺得我們這群平均年齡超過他一輪以上的老頭朋友太無趣，幾乎有什麼活動就會跟我們混在一起。一起喝酒玩樂，一起出國玩，甚至在跨年應該跟朋友狂歡的這種日子也是跟我們幾個老頭一起，我甚至懷疑他到底有沒有同年紀的朋友。

但混久了之後，我也不會覺得他小我那麼多，到最後也覺得沒什麼特別的，唯一的好處是我可以拿出來說嘴，「我有一個小我十三歲的朋友喔！」炫耀一下以為自己的心態還年輕。

或許因為生活的經歷還不夠，還是我們這些老頭太龜毛，DDC總是會有很多事情被我們拿來取笑，最常笑他的應該就是他英文不好這回事。因為DDC很喜歡時尚潮流，所以有時候也會有一些潮流品牌活動的邀請，而光是邀請卡的事情就可以讓我們笑好久。

例如某次我要約他吃飯，他說他無法參加，因為他要去參加一個品牌的活動。但因為通常有類似的活動我也都會收到邀請，而且同時一個晚上可能還會有不同的品牌辦活動，所以我就問他說，你是要去XXX牌的活動嗎？還是O

OO牌？

「都不是耶！」DDC在電話中回答得有點猶豫。

「都不是？怎麼可能？今天晚上就只有這兩個品牌有活動啊！不然你是要去哪個品牌的活動？」我很疑惑地問他。

「我也不知道耶，這品牌我好像很常看到，但又不知道是什麼，你等我一下，我把邀請卡拿出來看……」

怎麼會想要去一個連品牌是什麼也不知道的活動，當我還在想說是不是有什麼不知道的新品牌之類的，然後DDC就回我了

「找到了！邀請卡上面有寫，就是一個叫 Invitation 的品牌，我好像很常看到……」

後面他講什麼我已經沒聽到，因為我在大爆笑中。

因為他把邀請卡上的 Invitation，也就是英文的邀請，當作是一個品牌名啊！他當然會常看到，因為每張邀請卡都會寫 Invitation 啊！我想如果我沒跟他說的話，他會不會一直以為為什麼他每次參加的都是 Invitation 這個牌子的活動呢？他應該會覺得 Invitation 是個超級時尚大牌吧！

英文程度不好沒關係，但畢竟是常接觸的東西至少要了解一下，我們也只能這樣安慰他，因為另外還有一次也是類似的情形。

同樣的也是個品牌活動的邀請，因為我的邀請卡當時寄到了他那邊，我也一直沒有跟他拿，只好在臨出發前傳訊息問他活動地點在哪。

「我也不知道這是哪裡耶？是在敦化南路一段，一個叫做ADD的地方。」

他回了一個好奇怪的地方。

「ADD？這是一家店嗎？還是一個品牌？為什麼我都沒聽過啊？」我還在想說是不是有什麼新開的店我不知道，然後他就拍了邀請卡的照片傳過來。

「你看邀請卡，上面就寫著ADD：台北市敦化南路一段二十二巷啊！」

然後我又忍不住爆笑了啊！因為這屁孩把地址這個英文單字的縮寫ADD，

誤會成一家店了啊！我真的不知道為什麼會有這麼天真的人，就算不知道ADD是英文的縮寫，看了那麼多次的邀請卡應該也會知道吧？怎麼可以錯得這麼的可愛啊！

我想，也可能就是因為他這麼的天兵才可以跟我們這些老頭混在一起吧！

只是沒想到，我這個最年輕的朋友DDC，卻是在我們那群朋友中，最早結婚的，比我們任何一個大了他年紀一輪以上的都早，而原因就只是因為他很有責任與禮貌，沒有射後不理。還記得他求婚的時候拍了個影片，他在手臂上刺青刺了個「Will you Marry Me？」然後有YES跟NO兩個選項，而他的老婆就在YES的地方刺上紅色的勾勾代表答應，也算是很有想法的一次求婚了。

過了幾年了，有時候我還是會懷念跟ＤＤＣ一起出來玩的時候，這個我最年輕的朋友，隨著年紀的增長，我應該也交不了比他更年輕的朋友了。我真的很想念以前一起瞎混胡鬧，在酒吧喝到爛醉，在派對狂歡到早上的時候，可惜這一切可能都無法重演了。

因為那個年輕的靈魂已經離開了我們，而現在他就是個被小孩綁住，很有責任的無趣爸爸了。明明都比我們還年輕，卻比我們都更早完成了人生的正常經歷，我想真的是他太成熟，又或者是我們太幼稚了吧！

但至少人生中有一個小你一輪以上的朋友，對於四十歲的大叔來說，也算是完成了一個難以達成的成就啊！

成功的完美生活個屁

多數人認為的正常又完美的生活，是什麼樣子呢？

小時候好好念書考個好大學，出社會後在公司好好工作往上爬，當然還要結婚生子組成一個幸福的家庭，接著當到一個高層的職位，小孩也順利長大出人頭地，就可以無後顧之憂的安享晚年。這大概就是多數人覺得正常人的完美生活。如果上述過程缺了一個的話，通常就會被認為是一個缺憾。

例如說如果這個人已經做到了總經理之類的高層，卻依然單身的話，多數人會給他的評價是，「他什麼都好，可惜就是沒有另一半。」以此類推的話，就會是「他什麼都好，可惜就是沒有小孩」「他什麼都好，可惜就是小孩太不成材了」，總之缺了一個你就不會是世人認定的完美。

當然反過來也是一樣，就算你有個幸福的家庭，但你的成就沒有達到多數人認定的成功的話，那更慘，你可能連「他什麼都好」這句話都得不到。這就是世人認定的正常又完美的生活，而如果你沒有做到這些的話，對世人來說你就不是一個成功的人。

但什麼又是成功呢？大多數男人會覺得成功的定義，就是擁有花不完的錢，最好身邊美女圍繞，錢跟女人都有了，最好還有權，當個總統就更好了。剛好有個例子叫川普，金錢女人權力家庭都有了，所以川普絕對是個成功人士，絕對是擁有完美的生活。但請問現在會有多少人以他為榜樣？或是敢大聲的跟朋友說我的偶像是川普，我以後一定要跟他一樣成功？到最後你可能也只有被嫌棄的程度還有髮型會趕上他而已。

其實所謂的成功與完美人生，大多數都是別人認定的，因為你按照著這正常的人生軌跡在前進，就會被認定是成功的，而一旦你沒有按照這軌跡在走的話，你總是會被貼上一些奇怪的標籤。

舉個例子來說，現在你們社區隔壁搬來一對夫妻，平常日就看到那個老公無所事事的，沒有去上班工作，反而是老婆每天去上班。通常久了之後那個男生就會被說閒話，被貼上吃軟飯的傢伙，一個男生不出去工作每天窩在家成何體統？但殊不知那個人可能是村上春樹，或是成名前的李安，想想看如果他們當時受不了閒話的話，可能現在就只是多了一個上班族與咖啡館老闆。

因為我真的超討厭說閒話這種事情，所以也完全的不在乎別人怎麼認定我。我從小就是在一個被比較的環境下長大，感情親密的表哥表姊們各個都是高材生，各個都考上台大，只有我一直在落榜。我一直都是長輩眼中那個不成材的小孩，但這樣也好，因為大人對你的標準與期待值就會降低好多，我也樂得開心，不用上什麼台大了，只要有上大學就好。因此在我落榜兩次後，我可以自由的選擇我想要念的科系，反正只要有上大學爸媽就很開心了。

畢業後我在雜誌社上班，薪水少又常需要熬夜加班，記得那時我媽總覺得我為什麼不能好好做個正常的工作，我才知道原來我不偷不搶也不能叫做正常。接著我就一路不正常到底了，變成了現在這個沒有固定工作的史丹利，直到現在我被人問說我的職業是什麼我還是回答不出來，但我也樂得開心。

在世人的眼中我絕對不是個成功的人，上班時錢賺得少又常加班，沒上班後也沒有什麼固定的收入與工作頭銜，沒結婚時被唸到完全的無感，現在就算結婚也不會有小孩。如果現在要開個說閒話大會的話，我絕對是個吐槽點超多、閒話滿滿說不完的好題材。

但我曾想過，如果我真的是個很在意別人眼光的人，我在哪一個階段承受不住閒話的話，我現在可能就是一個每天做著自己不喜歡的工作，找個還可以卻沒那麼喜歡的人結婚，生了小孩之後雖然很開心，卻還是要每天為著小孩家庭做著自己不喜歡的事情，再想下去我可能都會想要去找 Seafood 來開導我了……嗯，也難怪會有那麼多人需要去讚嘆感恩 Seafood 了。

我可以很驕傲的說，我是一個最不在意別人說閒話的人，你可以說我皮，或是說我任性自我，但也因為這樣，我現在有個像是好朋友的老婆可以一起生活，沒有賺什麼大錢但生活還算無虞，有很多時間可以做自己想做的事情，雖然大多數都是看書打電動出去玩這種對一般人來說不長進又不賺錢的事情。但至少我不用為了小孩或他的未來而煩惱，唯一的煩惱就是老了要找哪一家療養院而已。

我不知道別人會不會認為我的生活是成功又完美的，就算他們認為或不認為都不關我的事，反正我自己過得開心才是我覺得真正的成功啊！

我寫這些並不是要炫耀什麼，但好像也沒有什麼好炫耀的，只是我覺得現在很多人還是依然會被社會的規範所綁架，總是會想要當那個大家眼中認定的成功並擁有完美生活的人，為了怕被說閒話而過著不開心的生活，把這種莫名的壓力加諸自己身上；或總是要以這樣的標準來認定別人，這樣也只是強把自己的價值觀加諸別人身上。不管是那一種，都只是讓你的人生更辛苦而已。

我曾經在沖繩遇過一對年輕夫妻，他們從東京來沖繩開了一間小麵包店，生意雖然還不錯但或許也只能勉強的生活而已，問他們為什麼要這麼做呢？那對夫妻笑著跟我說：

「其實減少一些物慾的話，生活也是可以過得去的。因為我們很喜歡沖繩，所以光可以在這邊生活就很開心了。」

我想，他們在我心目中絕對是比郭台銘或川普都還成功的成功人士，因為他正過著他們的完美生活。

臉書的照片，人生的縮影

有時候我會覺得，臉書朋友的照片，大概就像是你人生的軌跡，即使你沒有照著一般人生的計畫在走，但你還是會看到在你那個年紀時該看到的人生。

剛開始用臉書的時候，就是十年前的時候，我三十歲，依然還算是青春的時候。那時候的臉書使用者還沒像現在那麼蓬勃，但依然可以看到朋友在徹夜狂歡的照片、喝酒玩樂的照片、青春出遊的照片等，即使當時手機拍照功能還沒那麼好，照片品質在夜店之類的地方爛到不行，有些甚至眼睛還會發光，但你可以看到青春的大家是多麼的歡樂。

過了幾年後，這樣的照片漸漸減少了，接著就會看到一堆女生拍著無名指上戒指的畫面，或是另外一半求婚時的照片，男生求婚成功了。而且很有趣的是，多半這種照片會是女生PO的比較多，有臉書以來我大概看過上百種不同款式的戒指，如果認真研究的話我或許可以變成鑑定專家也不一定。

接下來就是瘋狂的喜宴照片與影片，說真的，這超無聊的，因為妝容跟服裝的關係，每對新人看起來都差不多，或許新娘真的有特別變漂亮，但你也會覺得是因為化妝或是修圖的關係。有些一次還會放好多照片，我連點開的意願都沒有，因為我不想浪費太多的時間去看好像都一樣的東西。

而且有些沒那麼熟的臉書朋友，我看到也只會覺得，「喔，結婚了喔～」內心可能連個恭喜都沒有，因為真的已經看到很麻痺了。或許你會覺得我絕情，但他結婚你還是從臉書上看到的，代表著他也不是很在意你的恭喜啊！

再過個幾年，突然的你莫名會變成婦產科醫生，因為你會在臉書看到各式各樣的超音波照片。說真的我完全不懂看那坨白白的東西到底會有什麼感覺，因為真正有感覺的大概就只是當事人而已，但我們還是不得不看到這些照片，即使我們看起來都一樣，你現在隨便拿一張給我看我也不會知道那是誰的小孩，那為什麼又要給人看這樣的東西呢？只是因為想要別人跟你說恭喜吧？

最後，最無聊的來了，當然就是各種各樣小孩的照片。小孩玩玩具、小孩吃東西、小孩在地上爬，小孩在床上滾、小孩會走路好棒棒，小孩穿衣服好可愛，小孩的各種動作你都看得到，接下來就是各種帶小孩去吃飯去逛街去喝咖啡的照片。曾經說過絕對不會這樣曬小孩照片的人，多半都忘了自己當初的信誓旦旦。但不能怪他們，因為小孩佔了他們生活最大的一部份，如果沒有 PO 小孩可能也不知道要 PO 什麼了。

所以以我現在的年紀，我的臉書充斥著各種不同的小孩照，從嬰兒到小學都有，這樣的好處是，每年小學開學我都會知道是哪一天，因為我都會在那天看到全國各個不同小學的門口，因為爸媽總是會把小孩進學校的第一天PO出來做個紀念。

那些以前總是會看到在夜店拍照的朋友，現在的照片變成了帶小孩去玩具店；那些以前總是會看到在KTV包廂拍照的朋友，現在的照片變成了帶小孩去麥當勞的遊戲包廂；那些以前總是會看到去海邊狂歡玩的朋友，現在也是去海邊，只是當時一起去的都是青春的肉體，而現在則是更鮮嫩的肉體啊！

臉書的照片真的就是你人生的轉變，告訴你也已經到了要做這些事情的年紀了。當然你本身可以抗拒，不要按照這樣的軌跡，但免不了還是會看到這些人生的縮影，除非你不用臉書。

這也是每天看到臉書「我的這一天」功能的樂趣，除了可以驚呼當時怎麼那麼青春之外，也會告訴你原來你也是有這樣的人生。

只是我比較好奇的是，接下來又會變成怎樣的照片呢？小孩的成績單？小孩的獎狀？小孩的大學入學照片？而等到小孩都長大之後，或許會開始看到有人抱孫子的照片，還有可能就是健康檢查的報告書之類的，或許到那個時候已經覺得看到什麼都無所謂了，畢竟能看到對方PO文就是個好消息了吧！

然後可能就會看到一堆喪禮的照片了吧……

PART 3

十年之後

依然在減肥的四十歲

以前我被問過一個很無聊的選擇題，就是癡肥的大肚子但雞雞很大，跟精壯的身材但是是小雞雞，要怎麼選擇？我還真的想了很久，最後回答他我要癡肥的的大肚子但雞雞很大，因為這畢竟還算是可以改變的，但另一個可能就很難改變了。

但殊不知中年男人的肚子幾乎都快跟雞雞大小一樣很難改變了啊！

我一直覺得自己是胖的，但有次去參加同學會，突然覺得自己好優越，因為每個同學好像都講好似的發福，我居然變成全場最瘦的幾個人之一。我才知道原來我這身材在我這年紀還真的算是好的了，頓時會有種「原來金髮碧眼帥老外在亞洲就是這樣的感覺啊！」的想法，但我也只是在一群中年發福的人當中算是比較好的一個而已。

仔細想想，一個四十歲的男人，平均到底都是怎樣的身材呢？多少四十歲的男人又會注意自己的身材呢？我發現大概都是有家室的人才會任由自己變胖，反正他們都結婚有小孩了，身材外表早就不是要注意的第一要件了。畢竟再怎麼胖，老婆小孩也不會離開你，頂多就是被老婆嫌以前多瘦多帥回不去了，嫌久了也不會少塊肉，肉反而還持續的變多，反正持續有在賺錢養家，老婆也不會說什麼的。

但終究還是有注意身材的四十歲男人，只不過那真的是一件很辛苦的事。我因為有個優勢，就算變胖了臉也不會變太胖，但只要瘦一點臉就會瘦得更快，所以常常會給人一種我其實沒有很胖的錯覺。就像 Gigi 跟我在一起時，第一次看到我裸體，才突然驚呼原來我不是瘦的！這一點她都還一直耿耿於懷到現在，總覺得有被我以前的掩飾所欺騙的感覺。

我是覺得減肥這件事就是這樣，只是看你對自己身材的寬容度到哪裡，不管到幾歲都一樣。年輕的時候想把妹想穿好看的衣服會注重外表，就會花費比較多的心思在維持身材上，除非你是個有錢的肥宅，你可以用錢來掩飾你的身材還是很多妹仔會買單；但一旦結婚有小孩了，把妹不再是重點了，你並不會覺得自己的身材那麼胖有什麼好丟臉的，反正你有賺錢養家，老婆小孩也不會靠北什麼，那減肥就已經不會是你生活中重要的事情了。

結論是，沒事幹嘛管什麼身材，有錢才是最實際的啊！

所以像我這種沒有很有錢的，沒事就只好多注意一下自己的身材了。但與其說注意，也只是盡量不要讓自己的褲子穿不下，能少吃就少吃一些，能運動的時候就去動一下。有時候我真的會想，為什麼我到四十歲了還是要在意二十歲就會在意的事情，而且這問題似乎還會跟著我好幾年，突然會有悲從中來的感覺，我到底是為了什麼要這麼的努力啊！

我也不知道，只是現在看到自己的肚子還是會很厭煩，看到原本比你瘦的朋友也變胖了就會很欣慰，原來世界上不只有我一個人那麼的孤單。但如果看到有人突然變瘦了就會很羨慕，然後會有種被朋友背叛的感覺，但人家也只是瘦下來而已啊！

只不過減肥這種事對男人來說也是個無止境的深淵，就像 Gigi 永遠不會覺得我是瘦的。剛交往的時候，她看到我兩年前的照片，就會跟我說「你那時好瘦喔！怎麼現在變這樣？」用一種無所謂的口氣來羞辱你。

但有趣的是，兩年後她又看到兩年前的照片，一樣還是會跟我說「你那時好瘦喔！怎麼現在變這樣？這是誰啊？」明明那時她也是嫌我胖啊！明明我也沒什麼變啊！為什麼兩年前會覺得我胖，兩年後就說那時是瘦的？是一種回憶美化的概念嗎？得不到的永遠都是最好的就是了。

所以我應該更確定要繼續跟減肥纏鬥下去了，直到她不會再說兩年前的我比較瘦為止，但我想讓她直接習慣我有肥肚子這點應該會比較容易一些就是了。

最完美的旅伴

很多人應該都知道，旅行最重要的事情就是旅伴，如果旅伴不對，你去冰島看極光都會覺得無聊，如果旅伴對了，就算是去和平島也會覺得跟去冰島一樣有趣。

同樣的道理，我一直覺得決定另外一半合不合適一起生活，就是和對方兩人一起出國旅行。畢竟兩人出國旅行要面對的事情太多了，從旅行的規畫、路線到吃飯的選擇，有太多事情要決定，再加上二十四小時都是在一起，即使回飯店也是窩在一個小房間，就算是吵架要奪門而出也不知道要去哪裡，所以有什麼比去旅行還更可以測試彼此的呢？

我記得跟 Gigi 剛在一起的旅行都是意外的，在一起一個月突然說要去香港看音樂祭，而且還是住在朋友的家裡，我們兩個就睡在朋友書房的地板上。第一次的旅行連床都沒有，畢竟是蜜月期，在地上打滾也可以滾得很開心。

第二次一起旅行就是隔一個多月後去滑雪，還是跟二十個朋友一起，大多是 Gigi 的朋友，一半以上我不認識，另外一半就算認識也不太熟。每天的行程就是白天滑雪然後晚上在小木屋裡吃飯喝酒。那次真的不叫旅行，比較像是訓練營，不管是滑雪還是喝酒都是。

之後才是真正我們兩個一起的旅行，去了泰國的沙美島。那時我還一直很擔心 Gigi 是那種愛逛街或是喜歡都市的女生，但跟她去沙美後我才整個安心。她比我還愛賴在海邊，我們找了一個沙灘，躺在那邊一整天，看看書、聊聊天，沒事就下去玩水。就這樣過了兩天，我才發現她是一個可以跟我一起這樣放鬆生活的那個人。

我永遠不會忘記在沙美的飯店起床時，眼睛打開看到Gigi坐在窗邊看書，窗外的綠樹還有灑到她身上的些許陽光，這到現在都還是我內心裡最美的一個畫面。

回到曼谷後她食物中毒，上吐下瀉了一個晚上也沒讓我知道有多嚴重，第二天還陪著我到處跑完全沒有抱怨。這是我第一次出現可以跟這個女生一起玩一輩子的想法。

之後我們的生活就是充滿了旅行。她可以跟我一樣說走就走，時間短想要放鬆就去沖繩海邊躺，想要去個不一樣的地方就往歐美或是日本鄉下跑，當然還有每年冬天的滑雪，以及數不完的音樂祭。她總是比我還興奮、比我還開心，即使現在交往加結婚快五年了，我們已經出去玩了無數次了，想跟這個女生一起玩一輩子的想法依然沒有改變。

她不會吵著說想去哪裡玩，不會吵著說一定要去吃什麼米其林，比我還不喜歡花時間在逛街上，去到每一個地方，不管是開車閒晃或是在路上手牽手散步，我們只想要盡量的感受當地的氛圍。走累了就找家店喝一杯休息，看到有趣的事情就會一起驚喜，就算沒有特別的行程，我們還是可以玩得很開心，我們真的不像是在旅行，而是換個地方生活而已。

我一直希望我的另一半不只是我的伴侶，更要是我最好的玩伴，因為畢竟另一半是你未來幾十年要一起相處的對象，如果無法一起玩，無法一起為了新奇的事情開心，那婚姻生活對我來說就會是個艱苦的漫漫長路了。因為我的開心沒有人可以一起分享，甚至你最親密的人也無法感受，這對我來說真的就是個煎熬了。

我很慶幸找到了個最好的玩伴，這應該是我這輩子做的最正確的選擇，沒有之一。就像我們剛結婚時許下的的承諾：

我們不要因為變老而停止玩樂，
我們是因為停止玩樂才會變老。

我們還是會繼續手牽手玩遍這個世界，因為我們都是彼此最完美的旅伴。

婚禮只有你自己在意

以前一直不想結婚的原因，有很大一部分是因為不想辦婚禮。

我一直不懂為什麼要舉辦婚禮，對我來說婚禮就是一個需要耗盡金錢與心力，還要經歷不斷的衝突與折磨。而那麼多的痛苦過程，卻只是為了滿足與你結婚沒太大關係的那幾百個人。不辦還不行，因為長輩會生氣，辦得不好還會被嫌棄，到最後咬著牙辦婚禮就只是為了爭那一口氣。

所以我一直覺得婚禮與喪禮的最大共同點就是，都不是為當事人辦的。

很多男生應該都有這樣的經驗，就是在辦婚禮時女方本來說簡單就好，不要太鋪張沒關係，男生通常就會很開心地覺得這真是個好女生，但殊不知這只是她含蓄的假象而已。

「我們的飯店可以選好一點的嗎？我想這樣爸媽也會覺得比較有面子。」

「婚禮現場的花可以換粉紅色的嗎？我覺得白色的好像不太適合耶！」

「那個我們的成長影片可不可以重做，感覺好像有點簡單耶？」

大概是諸如此類的問題會一個一個地浮現，你會開始懷疑那個一開始說簡單就好的那個人到底去哪裡了，甚至會覺得她到最後大概只差沒有把老公換掉而已，而這並不是她不想，而是她沒辦法選擇。

所以常常會聽到本來要結婚的新人為了辦婚禮而吵到不想結婚，我想辦婚禮真的就是婚前兩人感情的最大考驗。

我們本來是不想辦婚禮的，但為了長輩與朋友還是不得不辦一場。因為兩個人都不想辦，所以也沒有太大的意見，飯店看到第二家就決定了，因為懶得再看下去了。試菜連試都沒有試，反正我們自己也吃不到，而且你菜再怎麼好吃也還是會有人不滿意，而我們唯一在意的重點是酒夠不夠喝而已。

有在上班的人應該都有過這樣的感覺，就是接到了一個麻煩的案子，你就算用心做也不會有太大的好處，但又不得不做這個專案，所以只想快點把它做完應付了事，不要有錯、不過不失的結案就好，對我們來說婚禮大概就像是這個樣子。

或許對我們來說無所謂，但我們的婚秘就很辛苦了。每次跟婚秘開會時，我們兩個幾乎都是呈現一個隨便的狀態，婚禮會場要什麼風格我們沒意見，布置要用什麼主題我們都隨便。反正她問我們什麼我們都推給對方決定，感覺好像這婚禮跟我們無關一樣。

我還記得她說她當婚秘那麼久，看到大部分的新人都是一個很積極主導一個比較沒意見，或是兩個都很積極的也有，但還是第一次看到兩個人都那麼無所謂的……因為這本來就不是我們想辦的啊！畢竟我們只想快點結束這個麻煩的案子，才可以名正言順地去度蜜月啊！

所以婚禮的意義是什麼，對有些女生來說是為了要炫耀自己多幸福的場合，對有些男生來說是為了要展示自己多有排場的場合，但這終究也只是為了自己的面子或是滿足對方的虛榮，這沒有對錯，只是我覺得婚後讓人稱羨的婚姻，比那一時的排場還會更有面子。

對我來說，婚禮就只是為了應付，給爸媽長輩面子，給朋友一個可以開心喝酒的理由，當然也是看可不可以忙那麼久，至少賺一點蜜月的錢，對我來說這就是婚禮的意義。

但事實上婚禮哪會有什麼意義？好好經營婚後的生活才更有意義啊！

最後我還是想跟這些被沖昏頭的新人說，坐著馬車從天而降或許看起來很浪漫，但……然後呢？大家「哇！」了一下拍拍照就沒人會在意了！沒有人會在意你現場的花是什麼顏色的！沒有人會在意你小時候的照片到底長怎樣！

沒有人會在意什麼上菜秀！大多數人唯一會在意的就是菜好不好吃、有沒有讓他吃飽，或是食材高不高級讓他的紅包包得值不值得啊！

然後婚禮過了一陣子再回頭看，你會覺得當初爭得半死的自己怎麼那麼愚蠢，可能會有種到底是為了什麼，但更有可能的是，比起真實的婚姻生活可能要面對的問題，為了婚禮的爭執真的不算什麼了。

大型垃圾婚紗照

目前我家裡最大型的垃圾，除了我本人之外大概就是婚紗照了。

拍婚紗照是很多準備結婚的新人最重視的一個環節，尤其是女生總是希望拍得美美的，所以對於婚紗照的要求總是特別的多，甚至還有出國拍攝的，大費周章的只希望留下一個營造出來的美好回憶。

我就曾經遇過為了婚紗照而吵架的新人朋友，不外乎就是女生極度的要求，不論妝髮婚紗，當然還有拍攝的地點，但男生卻是興趣缺缺覺得不用那麼的慎重，因為這樣吵到都快不想結了。

我知道女生總是會對婚姻帶有夢幻的憧憬，希望拍出來的照片美到可以讓賓客們驚豔，最好照片修得都像林志玲一樣，即使認不出來是不是本人也無所謂，只要好看就好了。但我覺得婚紗照的意義應該是在於在兩人有共同回憶的地方，用拍照的方式來呈現兩人從相識到戀愛到結婚的軌跡，這才是我心目中真正婚紗照的意義。

雖然這樣說，但我還是覺得婚紗照根本就像現在手機的簡訊功能一樣多餘，卻好像又一定要存在的東西。

十年前我沒想過要結婚，即使後來要結婚了也完全不想拍婚紗照，因為我知道沒那個必要，我也知道這輩子我應該也不會把它拿出來看。這道理很簡單，不用說婚紗照了，你前年出國拍的存在手機或電腦裡的相片，你應該也沒再拿出來看過了吧，那當時為何要努力地拍那麼多呢？

還好 Gigi 也是跟我一樣的想法，但我們因為婚紗是贊助的，不得已只好在攝影棚內拍，畢竟可以發稿用。拍了三個小時不到就結束，連業者都直呼不可思議的快速。拍完後婚紗業者問我們要怎麼沖洗，我們其實是完全不想沖洗的，但業者說賀卡當然要給賓客，然後要洗個四十吋大張的相片可以放在喜宴會場給賓客們看，所以我們也只好這樣洗出來，完全的不得已。

順便提一下那個給賓客的謝卡，到底多少人拿了之後會留著呢？真的會有人把它收集成冊嗎？而且把那個留著也太奇怪了吧，那當初為什麼要拿呢？停電的時候拿來燒當照明嗎？我甚至在很久沒穿的西裝外套裡，找到兩年前參加婚禮拿的謝卡，我才知道原來我的外套那麼久沒洗了，這大概是它唯一的功能吧……

至於那個大型結婚照，結婚後就裝在箱子裡放在牆角，一年後它依然安穩地放在那邊。大概除了幫我家累積了一堆灰塵之外，也沒有其他的功能了。

我本以為那可能是我們自己的問題，但問過很多結了婚的朋友甚至是網友後，才發現原來每個人都是一樣的。每個婚姻家庭的角落都會有一個類似的大型垃圾，幾乎沒有人會把它掛起來，畢竟會把那個超大結婚照掛起來的應該都是上一輩的人了。既然如此，為什麼當初還要為了那照片爬山涉水、日曬雨淋那麼辛苦的拍攝呢？又為什麼要為了以後連看都懶得拿出來看的照片跟另一半不斷的爭執呢？

就連放在光碟裡或是相本裡的婚紗照，很多人都不曾拿出來看過了，更不用說那個大型婚紗照了。

現在那個大型垃圾已然成為我的困擾，我有想過直接丟掉，但上面有我們的臉丟掉也不太好，可能會被爆料說我們婚姻不幸福之類的，也有可能被某個變態拿回去射……飛鏢，所以可能要拿簽字筆把臉塗一塗才能丟掉，或是中秋節烤肉拿來當燃料吧。

結了婚的朋友可以想想看，你們多久沒有拿你們的結婚照出來看了；至於還沒有結婚的朋友，你們要拍婚紗照的時候，真的可以考慮一下，我知道你們可能會被夢幻想像沖昏頭，但想想，要為了一個以後會變垃圾的東西那麼辛苦還大吵架，還不如把錢跟時間省下來都可以輕鬆許多喔！

星期五的恐慌

結婚的好處之一，就是你不用再擔心週末晚上不知道要去哪家店喝，因為你哪裡都不能去。

「星期五的晚上，莫名的恐慌，想著應該把自己，丟到什麼樣地方。」

到現在我腦中還會響起這首歌，雖然一直以為是陳珊妮的歌，後來查了一下才知道是李明依唱的〈週五寂寞症候群〉。二十幾歲的星期五晚上，如果沒有決定要去哪裡喝酒，或是沒有人約的話，真的會有種莫名的恐慌。

那時候覺得星期五晚上回家度過是一個好浪費生命的事情，甚至會覺得人生好空虛，怪自己為什麼要虛度這麼寶貴的時光，並開始痛恨自己、懊悔不已，但事實上你就只是待在家裡沒出去而已。

所以一定要跟朋友找家店喝到天亮，不管是夜店還是酒吧都可以，一群人喝酒閒聊弄妹，假裝跳舞弄妹，然後不知為何都會去KTV續攤，假裝唱歌繼續喝然後再弄妹，最後一個不小心可能就會帶個妹回家，然後就不小心地跟她一起到天亮，這是年輕時的週末日常。

而有女友的時候也是一樣，只是可能就少了帶妹回去那個環節而已。

就這樣，星期五沒人約會恐慌，星期五在家裡會恐慌。年輕時的星期五是一個會令人不知所措的夜晚，不管是在家裡還是帶妹回家後的第二天早晨。

而結了婚後的星期五晚上，我已經不把它當成星期五的晚上，那就是一個跟其他天沒有差別的夜晚。沒有想要出去狂歡的衝動，因為你也不能幹嘛；沒有想要出去大喝的衝動，因為平常要哪一天去喝都可以，甚至不想要去人多的地方。我跟 Gigi 就是一起在家看電視自己喝，對已婚的人來說，星期五狂歡到天亮就像是腰圍三十吋那樣回不去的過往。

這讓我想到某次有個網友跟我說，我最常在臉書直播的時候都是在星期五晚上，因為這時候我都沒事。這樣講好像也沒錯，只是不知道為什麼聽起來還是覺得有點哀傷啊……

「星期六晚上你要帶我去哪邊？星期六晚上你要帶我去哪邊？星期六晚上你要帶我去哪邊？星期六晚上你去吃大便！」

糯米糰好久以前的歌，突然變成我的心聲。星期六晚上正是人最多的時候，我完全的不想跟人一起擠，即使要去看個電影也會好猶豫，除非是有朋友約，不然的話我寧願乖乖地待在家裡，心態的轉變真的是無聲無息的。現在偶爾會在臉書看到以前一起玩的朋友，現在依然在週末的夜店喝酒，依然去KTV唱歌喝到天亮，我一點也沒有羨慕的感覺，只是會想到香港電影《風塵三俠》裡梁家輝在最後的淒涼。

年輕的時候從沒想過自己會變成這樣，總覺得可以這樣在每個週末狂歡一輩子。講起來好像我已經變成了玩不動的糟老頭一樣，但事實上現在還是會出門喝酒，也會喝到半夜才回去，只是心態已經變得不一樣了，不會侷限在週末，也不會想要帶什麼回家，就真的只是單純地跟朋友打屁聊天。畢竟還可以找到不用顧小孩、可以跟你喝到半夜的朋友也是該要好好的珍惜才是啊！

突然想到剛跟 Gigi 交往的時候，某次我們約會時在路上遇到一個當時偶爾會一起翻滾到天亮的女生，也將近四十歲了。看到她當然要裝鎮定的跟她打招呼，但腦子裡總是會不斷的浮現出那時的星期五晚上。離開後，終究還是被 Gigi 識破了，但還好她也不會在意我以前的荒唐。

「會懷念嗎？」Gigi 開玩笑地問我。懷念當然不會，但還是會感謝年輕時那星期五的恐慌，至少也讓我經歷過一段青春的時光，可以讓我沒有遺憾地進入了另外一個階段的成長。

看來我終究還是變成了真正的大叔了啊！

恐妹

不知道為什麼我的人生會走到現在這個田地，這是一個男人最不應該失去的勇氣，喪失了我人生前半段最大的樂趣——就是我現在不太敢跟正妹聊天。

這真的是一個很嚴重的症頭，並不是說我已經對女生沒興趣，而是一種你明知吃不到就會不想去注意的病。就像如果現在電視節目在介紹日本美食，你可能會很有興趣的看下去，因為你會有機會去吃；但如果是在介紹烏干達的美食，你可能連看都懶得看，因為你這輩子可能不想也不會去烏干達，大概就是這樣的道理。

或是你看到郭台銘如何成功的書你也不會想看，因為你這輩子也不可能跟他一樣有錢，看了也是辛酸，所以也不會想要特別去注意它。什麼？你還有在看？那真的不用浪費時間去看這些東西，就像我現在也不會浪費時間跟正妹聊天一樣。

這一切當然都是因為結婚的關係。並不是說我結婚前跟妹聊天就保證可以聊到床上去，但至少那時是有機會的，至少是充滿希望的啊！看到正妹你會想要在她面前努力表現，你會想要逗她開心，總覺得她笑了一下我的希望又多了一些，跟我眼神對到她的衣服似乎又會少了一些。或許最後沒機會，但我努力過了，至少在她心裡留下了一個小小的火種，期待著下一次就可以幫她點火燃燒。

但現在一切都不行了，看到正妹要心如止水，不能聊得太開心，單獨聊天超過五分鐘會被認為意圖太明顯，私下傳訊息也只能點到為止不能深聊，因為一個不小心就會引起不必要的誤會。當然我不是在說自己太有魅力妹仔都會愛上我，相反地我更怕的是會被覺得「這男的不是結婚了為什麼還對我那麼熱情？」「明明就是一個長得像喬治克隆尼的結婚大叔還想來把我？」等等類似的誤會，所以我真的都只能乖乖的守好本分壓抑自己的慾望。

所以在跟朋友聊天時，朋友就因為這樣的情況發明了一個字：unkueiable，就是「不可虧的」意思。畢竟路上所有的妹，對已婚男人來說都是 unkueiable。這個詞跟 husband 是連動的，只要你是 husband，所有的妹就一定是 unkueiable。

當然並不是說我已經對女生沒有興趣，我還是會喜歡正妹，我還是會把妹仔逗得好開心，滿足一點自己的成就感，但有時候還是會有「好像可以把她XXOO又XX喔……」的想法，如果想到這邊就行動的話好像也是可以的，但該死的我就是會想太多，接下來就會想到真的跟這個女生怎樣，不被發現還好，但總是會有被發現的可能。而一旦被發現或鬧大了，可能就會變成媒體的話題，而Gigi絕對不會原諒我，最後我就會失去她了。

接著我就會開始斟酌一下這樣的後果，我可能爽這一個小時，好啦我知道太自誇了，算半個小時好了，我可能爽完這半個小時後，就可能要面對我人生後面的二十年失去了Gigi，這樣怎麼想都不太划算，所以只好放棄那XXOO又XX的想法，我還真是個成熟懂事的男人。

男人不管幾歲都會有這樣的誘惑，不管結婚或沒有結婚也會有想要跟別的女生上床的衝動，你不要跟我說你沒有，如果史嘉蕾喬韓森現在穿著內衣在你房間等你而你不為所動你再來跟我說你不會衝動，但這時候該如何的取捨真的是男人最大的課題。我知道我不能這麼做，因為我做了我可能會失去我現在的生活，哪一個比較重要就看你怎麼決定了。

這不是怕老婆，而是怕失去老婆。這是一種愛，是對未來平靜生活的愛，當然也是對另一半的尊重與愛，這真的是只有結婚後才會明白的道理。

而且更重要的是，我接下來真的更要管好自己的下體了，畢竟現在寫得這麼漂亮，哪天真的出事了這篇一定會被媒體拿出來放大啊……

要我生小孩跟生痔瘡，我選擇後者

「我想要有自己的小孩」，要我說這句話我還寧願說川普比我還帥氣，因為我真的不想要有小孩。

結婚前我也是跟 Gigi 再三地確認過，她也不想要小孩我才會想跟她求婚。要結婚前也是跟爸媽再三的確認，我們就是不想要小孩才會結婚，如果你們要小孩我就不結婚，結婚跟小孩你們選一個。但可能是我爸媽本來以為我這輩子都不會結婚，一聽到我要結婚就馬上什麼都答應了，或許他們也只是要誘騙我們結婚後再逼我們生小孩。但到目前為止，我的父母看起來應該也徹底放棄了。

所以到底為什麼要生小孩？有些人就覺得因為都結婚了好像就是要生小孩，這是個人生必經的過程。但或許有小孩是人生的另一個階段沒錯，但並不一定是必經的階段。有人說要生小孩，人生或是婚姻才會完整，但人生又不是拼圖，你是要完整什麼？而且你確定有小孩你的拼圖就完成了嗎？這到底是什麼樣的拼圖？拼完會得到史嘉蕾喬韓森跟你上床的成就獎勵嗎？

還有最八股的是說要傳宗接代或是長輩壓力，這種價值觀的問題就看每個人吧。我是家裡唯一的男生，我也會有這樣的壓力，然後呢，為了這個壓力我就要自己創造另一個一輩子的壓力嗎？完成爸媽的心願是一種孝順沒錯，但我可以「孝」，就是尊重、善待、撫養父母，但我不一定要「順」，畢竟很多事情你可能也都不會對爸媽百依百順了，我也是很盡力的在生小孩這點之外讓父母開心跟無虞的生活了。

當然你父母可能會覺得你沒幫他傳宗接代就是不孝，甚至因此而跟你大吵大鬧，那他們也只是把你當成一種傳承他們血脈的工具而已。基本上我是不在意我的血有沒有萬世流傳啦！死後的事情我也管不著，幾十幾百年後我的血脈還有沒有在這世上流傳也早與我無關，自己在世時活得好才重要啊！

有些夫妻會把小孩當作是他們婚姻生活的樞紐，因為沒有愛了而變得平淡，所以有了小孩後所有生活的重心都會放在小孩身上。或許他們可以因為小孩而找到婚姻生活的平衡點，但目前為止我們好像也不需要這樣就是了。

我們不想要小孩的原因很簡單，就只是不想破壞我們原本的生活而已。常聽很多有小孩的夫妻朋友，都失去了自己原本的生活，別說是一起出去玩了，連看一場電影可能都是要好幾年才會突然有機會。

以前一起喝酒玩樂的朋友，有了小孩後也比較少見面了，通常可能要有誰的生日這種重大事情才有理由可以出來透透氣。就像我的朋友小林，有一陣子會一直要我主動約他喝酒，問他為什麼一定要我約，他說他可以跟老婆說因為我跟 Gigi 吵架心情不好要他陪，他才有理由可以出來。我只能說，我可以感受到他深刻的無奈。

當然更多的是那種認命地就乖乖待在家裡的朋友，這樣其實也好，只是會變成了漸行漸遠了，通常會被我歸類成「有見到算運氣好，能再見面不知道」的族群了。只是我比較不懂的是，媽媽們可能都還會有個媽媽朋友的群組，可以從育兒聊到罵老公，很容易就會連成一氣，平時沒事還會約喝下午茶，但為什麼爸爸們好像都不會有這樣的群組呢？爸爸也該有一個一起出來喝酒的群組才是啊！

而當一旦決定不生小孩的時候，我發現其實還是有一些優點的。除了前面說的可以維持原本的生活節奏之外，我們可以沒有後顧之憂地想去哪裡就去哪裡，想幹嘛就幹嘛。這讓我想到，每次跟有小孩的朋友聊天，通常會分成兩派，一種就是說小孩好好玩叫我們快去生那種，這種人可能已經很習慣有小孩的生活，但其實更多的是羨慕我們兩個的自由自在，然後自己就開始在那邊感嘆，害我都不好意思的驕傲了起來。

然後你還會發現，你並不用為了小孩而擔憂。例如說買房子，我們本來還在討論要在台北買個大一點的房子，但仔細想想，我們也不知道死後房子要留給誰，似乎也沒有在台北買房的必要了。所以我們可以自在的選擇要在台東還是沖繩還是夏威夷養老，我們可以不用為了讓小孩過好一點而拚命工作，我們可以真正的為了彼此而生活，而不是為了那些你無法掌控的事情而擔憂。

或許會有人說養兒防老，那我也只能對這樣的樂觀感到敬佩而已，還不如自己多存點老本比較實在一些。

當然我不是在鼓吹大家不要生小孩，畢竟現在的生育率已經低得可憐了，我只是想說，每個人都有每個人生活的方式，不要因為別人的生活方式跟你不一樣就覺得他是不對的。有小孩的可以過得很開心，我們沒小孩也是有不同的開心的。

是說我們現在都會開始收集沒有小孩的夫婦朋友，在我們到了五十、六十歲的時候，可以一起出國，一起喝酒，或許老了之後還可以組個老頭社區互相依靠，這應該也算是一種沒有小孩的未雨綢繆吧？

可能會出事妄想症

我有一種妄想症，我不知道這妄想症是不是有學名，但我都喜歡叫它「可能會出事妄想症」。

小時候我就有這樣的症頭，爸媽晚上出門的時候，跟我說九點會回家，而一旦他們九點沒有回來，我就會開始妄想，「他們是不是出事了？」「他們該不會出車禍了吧？」在那個沒有手機的年代，我會拿著電話打給每個親戚家，明明也知道爸媽不在那邊，但就想要求個安心。

而且我怕任何離地的東西，所以我幾乎沒有小時候關於遊樂園的愉快的回憶，大多都是恐懼的回憶。我永遠只敢玩旋轉木馬或是碰碰車這種簡單的設施，舉凡是任何會離地的設施，即使是摩天輪，我都不敢去玩，因為我腦中總是有它們會突然斷掉掉下來的妄想。

所以記得是在我小學四年級的時候，我的爸爸氣到強拖著我去搭摩天輪，而我則是大哭著奮力抵抗，旁邊的路人都開始於心不忍的叫我爸不要逼我，但他們可能以為是要去搭雲霄飛車，如果知道只是搭摩天輪的話，他們應該就會跟我爸有一樣的想法，為何這個男孩可以這麼的沒有男子氣慨吧？

這種「可能會出事妄想症」雖然不會影響我太深，但一直到現在我都還是會有這種症頭，例如走在馬路上會害怕突然有車子加速衝撞過來，在高速公路飛車奔馳時總是會擔心車子突然爆胎而大翻車；或是自己在開車時，如果停紅燈沒有打P檔而只是踩著剎車，都會怕一個腳滑去踩到油門而追撞前面的車子等。各種莫名其妙的情節都會在我腦子裡發生，但這還真的不是想想，而是怕會就這樣死掉的擔心。

所以我對高處也是異常的害怕，而剛好 Gigi 卻是個完全不怕死的瘋狂神經病。我記得剛交往時在石垣島的海邊，因為她看到一個懸崖就很開心的要衝去那邊站在上面拍照，但我腦子裡就會妄想著海風一吹就把她吹落海底的畫面，明知不太可能但還是會害怕，就嚴厲的制止她不要過去，然後這就促成了我們第一次的爭吵，因為我的「可能會出事妄想症」。

直到現在我們有時候爬山或健行時，每看到懸崖，我都會懇求她可不可以不要去拍照，一方面是真的會擔心她就因此而掉下去，另一方面也是我自己不敢過去幫她拍照，腿真的會嚇得發軟啊……

這樣的妄想症最困擾我的，應該就是搭飛機的時候。每次一搭上飛機，我腦中就會浮現出電影《絕命終結站》第一集那個飛機爆炸的畫面，總是會祈禱著那樣的情節不要發生在這架飛機上，就差沒有大吼大叫然後被趕下飛機了。附帶一提，我真覺得這電影的編劇應該有跟我一樣的症頭吧……

然後我更怕飛機的亂流。每次在飛行時一有亂流，飛機一顛簸，我就會開始害怕，因為腦中就會開始有飛機會不會因此而掉下去的念頭，接著就會全身坐立難安甚至開始冒冷汗。而如果旁邊坐的是陌生人的話還要假裝鎮定，因為怕自己這種孬樣被發現。

會說是孬樣是因為我自己也知道有多孬，因為如果是Gigi坐在我旁邊而遇到飛機亂流時，我都會緊握著她的手，而如果亂流還不停止的話，我甚至會嚇到直接把頭埋在她的懷裡發抖。這畫面要多孬就有多孬，我都覺得Gigi看到這畫面還會跟我結婚真的算是真愛了。

很難想像一個常搭飛機的人居然會怕亂流，直到現在即使我搭飛機的次數那麼頻繁，但遇到亂流我還是會有種隨時會死掉的感覺，也是我最容易感到人生絕望的時候。雖然晃到現在也相安無事，卻依然不會減少我對亂流的恐懼。

以前還曾經幻想著搭飛機時旁邊坐著一個正妹，而遇到亂流時因為我太害怕而不小心牽著她的手，之後她因為母愛的發揮而突然覺得我是個需要保護的小寵物，然後我就可以在異國的飯店房間裡保護她的情節……但到我結婚後，這種唯一可能因為亂流而得到的樂趣也沒了，這才是真正完全的人生絕望啊！

而現在我還是會搭飛機，因為旅行的樂趣對我來說勝過了搭飛機的恐懼，我很怕哪一天我的這種「可能會出事妄想症」擴大到勝過旅行的樂趣時，我可能從此被關在這個小島上，或是開發出自己打造噴射動力高速船的技能吧？

總之，這人生中最困擾我的事，不是沒房沒錢，不是發胖變老，也不是戴綠帽，而是飛機的亂流，以及隨時都會橫死的恐懼，完全的莫名其妙。

最後如果哪天搭飛機時看到我坐在你旁邊，遇到亂流時就伸出你溫暖的手讓我緊握吧！就算你是男生我也不會介意的啊……

為什麼要抗老？

不得不承認，到了四十歲開始，還是需要面對老化的問題，但面對是一回事，抵抗它又是一回事，就看你要用怎樣的心態去看這件事情。

很多人很怕老，無所不用其極的想要抵抗，想要三十歲看起來像二十歲，四十歲看起來也要像二十歲，用盡全力地在抗老，找遍方法只為了逆齡，似乎只想要換來一句「你看起來好年輕喔！」就會得到滿足。但這終究是一場無止盡的戰爭，而且是愈來愈會節節敗退的戰爭。

我不喜歡「抗老」這個詞，也不喜歡「逆齡」這個詞，因為自然演進的東西真的不需要去違逆它，而既然無法抵抗它，那就面對它吧！在每個年紀的時候就要有該年紀的樣子，畢竟二十歲像四十歲會被說老成，四十歲弄得像二十歲會被說成幼稚，那為什麼就不好好面對現實，活出那個年紀最美的樣子呢？

之前日本女星小泉今日子在某次採訪的時候說，「年紀增長這回事很有趣，與其說是老化，還不如說是進化。」「為什麼一定要抗老？當個中年之星不是也很好嗎？」她真的是在每個階段都活得閃閃發亮的人，從偶像時期到歐巴桑都可以發揮每個時期的魅力。但或許是發揮過頭了，她過了五十歲居然還可以當別人的小三，這大概也算是一種活出任何時期最美的時候的認證吧？

就像導演李烈烈姊，一頭白髮白得好有個性，大家都以為她是刻意染的，但她卻說她是懶得去染才會這樣，她不想浪費時間去做這些事情，很直接地面對，卻不會有人覺得她老，大家都會覺得她好酷。

我一直覺得，老了這件事情會來得很快很突然，會殺得你一個措手不及，讓你沒有心理準備，就像老花眼一樣。每個有老花眼經歷的人都知道，這是沒有徵兆的，你可能在某一天起床時坐在馬桶上大便順便看手機時，發現手機的字怎麼會突然看不清楚，老花眼就這樣進入你的生活了，這還真是我朋友的親身經歷。

所以，突然來的老花眼，突然長出的白髮、突然發現的皺紋，這些都會在你不經意的時候侵蝕你的生活，就像夏天的蟑螂一樣討人厭卻又趕不完。你可能會無所適從開始感到驚慌，但你還能做的就是去正視它。

我現在已經四十歲了，偶爾翻翻照片看到以前緊繃的皮膚，或是沒有皺紋的臉當然還是會覺得青春不再，但我反而更喜歡我現在的樣子，即使有一些皺紋了，即使鬍子已經開始白了，但我還是覺得我現在是我這個年紀最良好的樣子，沒有老態，也不會太像屁孩，除了肚子可能大了點外，沒有什麼好挑剔的了。

一切都還是因為心態吧！我雖然不會想抗老，但我真的不會用老來當藉口。我真的很不喜歡有人說「我現在年紀大了，沒辦法XXX」這種話，因為那只是你自己不想，跟年紀沒有關係的。我曾經跟一個七十歲的老先生滑雪，他除了體力真的比較不行外，各方面技術都比我還精湛；我曾經在擠了十萬人的音樂祭，看到好幾對六十歲的老夫妻，一起在人群中等著看他們喜歡的演出，他們的外表雖然是老人，但他們的心卻讓我好敬佩，讓我默默地許下我老的時候也要跟他們一樣的心願。

五十歲看起來像三十歲會被人稱讚「你看起還好年輕」，而五十歲有著三十歲的心態會被人稱讚「好酷喔！」比起來後面那個稱讚我還會比較開心一些，畢竟這真的不是動個刀塗個保養品就可以得到的。

所以，在外表上就活出你這個年紀該有的魅力吧！真的要抗老的話就請在心態上抗老吧！這樣才可以真正在你該有的年紀活得閃閃發光啊！

你有想過未來會是怎樣嗎？

「你有想過未來會是怎樣嗎？」「你有想過十年後的你會是怎樣嗎？」我超討厭這樣的問題的，因為我完全沒想過，也不會想，畢竟我是對未來超沒有規劃的人，一直到現在還是一樣。

在二十歲的時候滿腦子想的可能都是怎樣把妹，或是怎樣得到妹的歡心，怎樣快速脫掉妹的衣服，頂多再想一下出社會後的工作要幹嘛，誰管得到三十歲會怎樣，只知道三十歲可能已經無法那麼青春了，那時候的三十歲在心中就是一個無聊的大人。

三十歲的時候可能很多人已經開始成家立業，或是想要成家立業，總之一般人應該都是以結婚為目標或是衝刺事業為主。而我是在這時候差不多變成史丹利還出了第一本書，那時候根本不會想說未來十年會是怎樣，當然結婚絕對不會是當時的想法，也沒有突然變成了成熟的大人。三十歲的生活好像也沒有太大的改變，四十歲好像離我好遙遠。

然後我就四十歲了，人生走了至少超過一半了，還莫名其妙的結婚了，每天在擔心著老花眼的降臨，但卻忘了老這件事情是會冷不防地襲來的。跟十年前的自己相比好像也沒什麼不一樣，但因為結婚之後更確定了自己想要過的生活，總覺得這樣的生活就可以了，所以也並不會去想十年後會是怎樣，甚至覺得五十歲時應該還是會跟現在一樣，唯一會變的大概就是肚子會更圓吧……

所以真的不用去想什麼未來的生活會怎樣，因為不管你做了再多的規劃，描繪了再大的藍圖，到頭來都只會讓十年後的你笑著說當時有多天真而已。或許是我自己不喜歡這種照著規劃走的人生吧！總覺得或許一步一步實現自己的目標雖然很令人佩服，但相對的也好無趣，就像看電影你都知道下一幕的發展了，那電影怎麼會有趣呢？

因為我很滿意現在的生活型態，也對現在的生活很滿足，所以也不需要去想像未來會是怎樣，不管是杞人憂天還是編織美夢都一樣是不適合我的體質的。頂多可能就是會想一下老了之後，可能就是存了一筆錢在沖繩或夏威夷海邊買房子，每天起來就在海灘散步，或是和 Gigi 躺在沙灘上喝酒看書發呆，就這樣過著每一天。

然後當地人就會覺得怎麼有人花大錢來這邊住，這海邊他們不用花錢每天就可以來了，可能是個傻子吧……

所以，與其幻想著未來會過得怎樣，還不如就好好讓現在的生活過得更開心滿足吧！畢竟未來沒那麼好掌握，怎麼想都不會被你猜到，那又何必花時間去找那個虛無的東西呢？更何況如果沒有對現在的生活與自己滿足，那這樣痛苦地活下去又會有多好的未來呢？

「所以，你有想過十年後的你會是怎樣嗎？」做做夢真的沒關係，那會是一個慰藉，但醒來之後就還是請繼續努力面對真實的人生吧！

沒有改變就是最好的改變

結婚到現在已經兩年多了，如果加上之前的同居生活，我已經跟同一個女人住在一起三年了，這原本應該是我人生一個很大的突破，但意外的我卻沒有什麼太大的改變。就像很多人都喜歡在我結婚之後問我：婚後的生活有什麼改變？我每次都擠破頭也想不出來，總是會回答：「沒有什麼改變，但我覺得沒有改變就是最好的改變。」

通常問我的如果是結過婚的，大部分會點頭同意我的說法，還會說這樣真的是最好的。但如果是沒結過婚的人，都會覺得我是在耍什麼帥、講這什麼自以為是名言的話。但我也懶得解釋，重點是他們可能也沒興趣聽了。

但事實上真的是這樣啊！結婚登記後的中午跟家人吃個飯後，我們就像往常一樣的散步去看個電影，然後回家就各自做自己的事情。婚禮後的第二天更寫實，起床後吃個飯就打開PS4連線跟朋友喇賽打電動一個下午，唯一跟平常生活不同的是Gigi坐在旁邊算昨天的紅包錢而已。所以我更想反問，到底是要怎樣的不一樣？或是為什麼一定會不一樣呢？

畢竟我不是會把結婚這件事看成是那麼重要的人。很多人都會幻想著婚後生活會是如何的幸福美滿，但這樣的幻想最危險的是，破滅時的衝擊會更加沉重。或許生活上當然會有所不同，但就像是搬新家或換室友那樣的不同，更何況這次的室友還是自己選的，而且一住可能就是一輩子了，所以你要試著習慣，你們要培養出你們生活的默契，你要了解這個室友是不是可以一起過一輩子的室友。

或許我們同居過也是有幫助的，你會知道這一切不是那麼的理所當然。沒有理所當然的一定是要女生洗衣煮飯，沒有理所當然的男生只要賺錢就好家事都不用管，我們的生活都是一種有默契的協調。就像Gigi不喜歡洗衣晾衣服，所以我就來做這些事，而我對地板清潔度容忍度較高，Gigi受不了了就會去拖地。或是我本來答應要洗碗卻忘了洗去睡覺，第二天Gigi就會洗好，我當然也不能覺得理所當然，還是要帶著歉意撒嬌地感謝她才是。

沒有什麼是「那是你該做的你沒做就是不對」，而應該是「謝謝並體諒你幫我做這些事」才是。

我們甚至發展出一種有趣的默契，就是我們坐在沙發上看電視時，我坐沙發右邊她坐左邊，而這兩邊的事情就是我們的管轄範圍。例如如果下雨了沙發右邊的窗戶沒有關，坐在右邊的我就要起身去關窗戶；如果衛生紙沒了要去拿，坐在沙發左邊的 Gigi 就會去拿放在左邊區的衛生紙。沒有講好，但就變成了一種平衡的默契。

當然並不一定都是完美的，有時候你也會覺得煩，有時候你的一些生活壞習慣對方不喜歡你卻改不了。例如當你很累癱在沙發上時，對方請你幫忙去倒垃圾，或是你習慣回家時襪子亂丟，你覺得無妨對方卻會一直唸的這種小事，有時候也只能牙一咬去做，因為只要忍這一下，這樣你就可以換來更長久的和平，怎麼想還是划算啊！

但其實婚後改變最大的並不是生活，而是心境的改變。你會變得更在乎對方，而不是得到後就可以不用在乎了；你要做什麼事情時不會想到的只有自己，因為當你決定要讓另一個人走進你的人生，你就已經不是只有一個人了。你可以說這是一種踏實感，也可以說是一種認命，不管怎麼樣的說法，都會讓你從心境上的改變而影響到你的生活與想法。

因為結婚之後你不會跟對方大吵之後就嚷著說「那就分手啊！」因為離婚比分手還麻煩，也無法不爽就離開，所以連吵架都要變得更謹慎；因為結婚後你不會在收工後問都不問只買一個人的便當回家，這根本就是個找死的行為。即使我們沒有干涉對方的花錢狀況，買東西時都還是會想到對方。就像Gigi到現在去買自己的遊戲片還是會多買一片送我，雖然不知道是出自於她真的想送我、還是出自於她自己花錢的愧疚。但這些就只是因為我們都知道我們不再是一個人了，沒有刻意，完全的發自內心。

所以就算我們婚後的生活有什麼改變，也都是自然而然且心甘情願，沒有人教我們，畢竟這也是教不來的，只是因為對對方的在乎而已。

睡沙發，已婚男子的浪漫

雖然說我在結婚後的生活並沒有太大的改變，但畢竟是跟另一個人相處，有一些生活上的細節與觀念其實還是需要一些溝通與調整的。例如回家後你不能把脫掉的衣服褲子與襪子亂丟，因為一定會被唸；在客廳吃完東西後，垃圾與髒碗盤也不能就這樣放在桌上，因為還是會被唸；沒有洗澡就上床睡覺，除非對方比你先睡，不然一樣會被唸。

這些我都可以理解，但唯獨睡沙發這件事是我一直無法理解的。

不知道從什麼時候開始，我漸漸變得喜歡睡沙發，好像男人活到了一定程度就會變這樣，就像小時候的爸爸，我對他在沙發上的印象都比他躺在床上睡覺的印象還多。那時候總是不懂為什麼他那麼愛在沙發上睡覺，甚至覺得他又睡著了好佔空間，但卻沒想到我現在也是到了愛睡在沙發上的時候。

不知道這是跟年紀有關還是跟生活習慣有關，睡在沙發上這回事就像頭上的白髮一樣就是默默地發生，等你發現時也無法阻止了。有一陣子我好喜歡在沙發上看著電視就這樣睡著的感覺，為什麼喜歡我也不知道，但反正單身的時候也無所謂，只是婚後卻成為了另一半無法理解的事。

我記得婚後有時候我們吃完晚飯會一起坐在沙發上看電視，看了一陣子後我就睡著了，但 Gigi 卻會突然地把我叫醒，說我居然睡著了好誇張。我不知道這到底有什麼好誇張的，但一次兩次我還可以忍受，某一次我終於忍不住在被她叫醒後，我就大聲的兇了她，「妳讓我睡一下是會怎樣啦！」她好像也不知道要如何反駁，從此之後我就有了可以睡沙發的自由了。

本來就不會怎樣啊！但就不知道為什麼要被叫起來，晚飯後小睡雖然超不健康的，但就是一個爽啊！我不知道女生會不會理解這樣的事，但我想大部分的女生可能都無法理解為什麼晚上不去床上睡而要睡在沙發上這回事。

一開始 Gigi 也是無法接受的，有時候她去床上睡了而我在沙發上看電視看到睡著了，她半夜起床發現我沒去睡床上，會跑來沙發把我叫醒，要我回床上睡。這感覺真的很不好，就像是看A片卻被電話或是電鈴聲打斷你正在做的事那樣的感覺不好，而且回到床上反而就會睡不著了。

我試著跟 Gigi 溝通過這問題，告訴她就讓我在沙發上睡到天亮吧！或是我睡到一定的程度就會自己起身去床上睡的，溝通完後雖然現在她偶爾會讓我在沙發上睡，但我想她可能到現在還是無法理解到底為什麼。

我知道對於無法理解的女生來說，她可能會覺得睡在沙發上會不舒服，會著涼，甚至會覺得這是不是不想跟她一起睡的徵兆。但是對男生來說真的沒那麼嚴重，覺得冷、不舒服就會自動起身去床上睡了。當然也不是不想跟她睡，因為這真的不是睡沙發就可以解決的問題。

對已婚的我來說，睡在沙發上是一種對單身時候的緬懷，就像單身時你想怎樣就可以怎樣，你愛在沙發上睡到天亮就睡到天亮也不會有人管你，那是一種無拘無束的懶惰，是一種自由的散漫，這是在婚後漸漸失去也無法感受到的，所以也只能用睡沙發這樣的方式來緬懷一下過去的生活。

我想，睡在沙發上，真的是已婚男子緬懷單身的浪漫吧！這樣你就知道一個愛老婆的已婚男子有多卑微了……

直到現在我偶爾還是會睡在沙發上到天亮，Gigi 也不太管我了。起床時心裡會有著小小的愉悅，一種掙脫常規生活的快感，只是換來的就是身體的痠痛，自由果然還是需要代價的啊！

結婚，從沒想過卻發生的事

大概一直到三十八歲前吧！結婚完全不是我人生的選項，我沒考慮過這回事，也不想去考慮這回事。「不可能結婚」這事情對當時的我來說是非常的篤定的，就像史嘉蕾喬韓森不可能愛上我，或是我不可能比金城武還帥那樣的篤定。

我曾經想過如果結婚會是什麼樣子，想著想著都會覺得人生絕望，大概就跟想像這世界上如果沒有酒的話會是怎樣差不多。

會害怕結婚的原因除了就像一般人會想得到的理由，例如怕會失去自由，怕改變了現在的生活方式，怕最後只剩下責任，怕無法之後五十年起床都會看到同一張臉，要跟同一個人生活等等。但更大的原因是，我一直覺得結婚這件事還真的一點好處都沒有，不管是從生活、經濟、感情上各方面都是。

最後就是許多已婚朋友的抱怨，聽到的都是婚姻生活有多辛苦的抱怨，唯一會跟你說結婚很好的除了新婚夫妻外，就是想要慫恿你結婚的人，帶著詭異的笑容要推你入坑，就像看到一部很爛的電影不能只有我看到，只好跟別人說很好看是一樣的概念。

所以我大概就是一直過著不結婚的生活，交每個女友都會跟她們說我不想結婚，所以無法接受也沒辦法，也有女友是因為我不想結婚才跟我分手，我寧願不結婚也不想挽留，因為一挽留就還是要面對結婚的問題。我對很多事都超沒毅力的，但就不知道為什麼對這點卻非常的堅持。就這樣我經歷了三十七年，直到我遇到了現在的老婆。

我們當初也是講好不結婚的，兩個真的都不想。在一起之後過了不到一年就自然而然的同居了，然後再過一年就自然而然的結婚了。我才明白我不想結婚的理由，只是沒有遇到一個適合的人而已。

我們可以一起玩耍，可以一起像朋友一樣的打鬧開玩笑，可以一起手牽手去這個世界探索，但又可以各自獨立而不過度依賴或干涉對方。她把我對婚姻的恐懼降得好低，不會不自由，不會改變平常的生活，甚至覺得跟她一起生活都比我自己一個人生活還有趣。

當一切的恐懼都消失後，我也找不到不結婚的理由了，而唯一會怕的，大概就是怕自己再也找不到這樣更適合自己的人，而最終的原因是，我真的也找不到為什麼不和她一起生活一輩子的理由了。

而真的結婚的時候，我才知道結婚並不是完全沒有好處，至少最大的好處就是，心裡會覺得踏實許多。

記得在我們剛發出結婚的訊息時，媒體的電話與朋友的祝福都接踵而來，我們兩個忙碌了一個下午，在終於告一個段落的時候，我們兩個癱在沙發上休息。我打開電視播放手機的音樂，這時候播到了一個日本團體「世界末日」的〈RPG〉這首歌時，我們兩個抱在一起留下開心的眼淚。

「藍天晴朗無雲，我們朝著海洋前進，
沒有什麼可以害怕的事情，因為我們已經不是一個人了。
藍天晴朗無雲，我們朝著海洋前進，
害怕也沒關係，因為我們已經不是一個人了。」

是啊，我們真的沒有什麼可以害怕的事情了，因為我們已經不是一個人了啊！心裡的踏實大概也就是如此了。

而結婚到現在也已經兩年多了，我們的生活也沒有太大的改變，過著跟婚前一樣的生活。平常各自工作，回到家也不干涉對方；兩個待在家裡可以做各自的事情而不打擾對方。沒事的時候我可以看一天的書，她可以打一天的電動，晚上就在一起喝酒追劇，不小心還會開心到喝醉。

平常沒事就一起去看個電影，或跟朋友吃飯喝酒，我們也不會限制對方不能自己單獨跟朋友去喝酒玩樂，因為我們都相信彼此不會做讓對方難過的事情。想到的時候就一起出去玩，旅行變成我們生活中最重要的事情。我們可以像夫妻一樣的生活，卻又可以像情人一樣的甜蜜，還可以像死黨一樣的一起瘋狂，這樣的婚姻生活真的沒什麼好挑剔的了。

或許很多人認為結婚需要愛，一定要互相愛著對方才會結婚，但很多人沒想到的是，愛可以讓人結婚，但要一起生活並不是只有愛而已。或許我早就明白這一點，所以才會一直懼怕結婚。但當我發現我們的生活不是只有愛情，沒有以愛情為名的各種莫名的責任與規矩，更多時候我們會像朋友一樣，每天都像跟好友出遊一樣的胡鬧開心，那婚姻真的就沒有什麼好恐懼的了。

就像那些愛情專家最常說的，讓你婚姻中的另一半成為你最好的朋友，我覺得這順序有點不對，應該說是，「當你發現你的另一半是你最好的朋友時，那就一起進入婚姻吧！」但不管順序是如何，你的另一半是你的好朋友真的是最理想的，這大概是少數我同意兩性專家的屁話之一吧。

在我從沒想過自己會結婚的那三十七年裡，絕對無法想像我現在會結婚，而且在婚姻生活裡還過得那樣的開心。但我應該要更慶幸自己當初是那麼懼怕婚姻的，因為理解自己會害怕的點，所以才不會貿然地踏進去，或許看起來像是不負責任的逃避，但也可以說我知道自己想要的是什麼，而不是沖昏頭栽進去後才無可自拔的認命。

總之，能跟合適的人結婚一起生活真是太好了啊！

就用這句可能我幾年前會唾棄的話當結尾吧！因為那時真的不會知道，不再只是一個人的踏實啊！

四十歲了，所以？

從二十多歲要進入三十歲的時候，我記得那時候真的很恐慌，但到底是在恐慌什麼也說不出來，總是會覺得到了三字頭後就會變得不一樣了，好像不年輕了，好像不能隨心所欲了，莫名給自己好大的壓力。一旦過了三十歲之後才發現那只是庸人自擾，我依然過著一樣的生活，沒有什麼太大的改變。

而要從三十多歲跨入四十歲的時候，或許已經有經驗了，這次完全沒有什麼感覺，也或許是已經不想去面對這回事，畢竟連生日都不太想過了。所以我至今仍然想不起來我四十歲的生日在幹嘛，這對我來說真的沒那麼重要了。

但仔細想想我還是有一些改變，當然不是什麼體能或外表的改變，而是一些心態上的改變。頭腦似乎沒有以前靈活了，似乎變得比較認真嚴肅而且不好笑了，雖然還是會去了解新的事物但也不會沉迷了，連出去玩都覺得懶了只想好好的窩在家裡。年輕時總會覺得自己是與眾不同的，但現在似乎也漸漸變成了普通人了。

我不知道這到底是因為四十歲的原因還是因為結婚的關係，或許兩個都有也不一定，但這好像也沒有什麼不好，至少我還是沒有變成自己討厭的那種大人，雖然說看到屁孩還是會有想要扁他們的衝動就是了。

我真的很不喜歡那種「你現在都XX歲了，應該要有XX歲的樣子」這種說法，例如三十歲就該準備結婚生子，四十歲就該事業有成等等。這些都只是別人把自己被限制又無知的價值觀強加在別人的身上，這又不是什麼工作時程進度表，趕不上進度也不會怎樣，更何況這進度也不是唯一的標準啊！

即使我現在四十歲了，所以呢？或許我頭腦沒有以前靈活了，但可能因此變得比較會思考了；或許我變得認真嚴肅不好笑了，但卻也因為這樣可以認真地用不同的面向看待事情；或許我不容易沉迷在新的事物上，但至少我還是會去了解與接觸，這是年紀愈大的人愈不會去做的事情。懶得出去玩是因為平常在熟悉的台灣，但現在還是有去探索世界的熱情。

所以四十歲了又怎樣，對我來說不過就是跟朋友喝酒聊天時拿出來嘲笑一下自己的名詞而已，至少到現在我還是不會輕易說出「現在真的老了！」「現在真的年紀大了跟以前不一樣了！」這樣的感嘆，這不是不服老，只是我並不會用年紀來當作是任何改變的藉口，因為這往往是最容易的方式。

四十歲了，所以呢？真的沒有所以了，就還是依然做著自己想做的事，過著自己想過的生活，這跟幾歲無關，跟你想不想才有更大的關係。畢竟未來十年會怎樣我也不知道，那就開心地過下去才重要。歲數真的不是什麼問題，被歲數所控制才是最可怕的問題啊！

然後等我五十歲時再來寫本這十年改變的書，用來當作是一個基準，大概就是歲數帶給我的唯一好處了。而且下一本應該就會變成「初老十年」或是「歐基桑十年」了，這怎麼看都不會有人期待啊！

10

史丹利的
男人十年

作　　者　史丹利
裝幀設計　黃畇嘉
行銷業務　王涵、張瓊瑜、汪佳穎、
　　　　　陳雅雯、王綬晨、邱紹溢、郭其彬
副總編輯　王辰元
總 編 輯　趙啟麟
發 行 人　蘇拾平

出　　版　啟動文化
　　　　　台北市105松山區復興北路333號11樓之4
　　　　　電話：（02）2718-2001　傳真：（02）2718-1258
　　　　　Email：onbooks@andbooks.com.tw

發　　行　大雁文化事業股份有限公司
　　　　　住址：台北市105松山區復興北路333號11樓之4
　　　　　24小時傳真服務：（02）2718-1258
　　　　　Email：andbooks@andbooks.com.tw
　　　　　劃撥帳號：19983379
　　　　　戶名：大雁文化事業股份有限公司

初版一刷　2018年04月
定　　價　280元
I S B N　978-986-493-085-2

國家圖書館出版品預行編目(CIP)資料

史丹利的男人十年 / 史丹利著. -- 初版. -- 臺北市：啟動文化出版：大雁文化發行，2018.04
面；　公分
ISBN 978-986-493-085-2(平裝)

855　　107005216

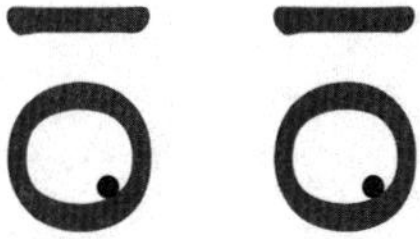

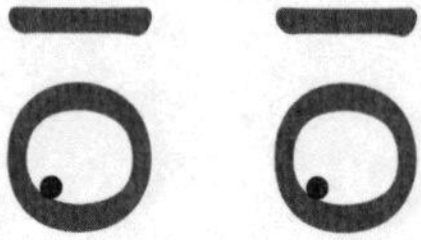